NAME: Justus Jonas
FUNKTION: Erster Detektiv
FRAGEZEICHENFARBE: weiß
BESONDERE MERKMALE: das Superhirn der drei ???; Meister der Analyse und Wortakrobatik; erstaunlich schneller Schwimmer; zu Hause auf dem Schrottplatz von Tante Mathilda und Onkel Titus; zupft beim Nachdenken an seiner Unterlippe
IST FAN VON: Tante Mathildas Kirschkuchen und Denksport aller Art

NAME: Peter Shaw
FUNKTION: Zweiter Detektiv
FRAGEZEICHENFARBE: blau
BESONDERE MERKMALE: für körperliche Herausforderungen immer zu haben, dafür kein Ass in der Schule; großer Tierfreund; Spezialist für Schlösser aller Art, die seinem Dietrichset einfach nicht standhalten können; neigt zu Vorsicht und Aberglauben
IST FAN VON: schnellen Autos (insbesondere seinem MG), der südkalifornischen Sonne, so ziemlich jeder Sportart

Die drei ???®

Die drei ???®

Das weiße Grab

erzählt von Ben Nevis

Kosmos

Umschlagillustration von Silvia Christoph, Berlin
Umschlaggestaltung von eStudio Calamar, Girona, auf der Grundlage der Gestaltung von Aiga Rasch (9. Juli 1941 – 24. Dezember 2009)

MIX
Papier aus verantwortungsvollen Quellen
FSC® C014496

Gedruckt auf chlorfrei gebleichtem Papier

ISBN 978-3-440-14844-0
Redaktion: Annemarie Chiappetta
Lektorat: Nina Schiefelbein
Produktion, Layout und Satz: DOPPELPUNKT, Stuttgart
Druck und Bindung: GGP Media GmbH, Pößneck
Printed in Germany / Imprimé en Allemagne

Die drei ???®

Das weiße Grab

Ausgerutscht!

»Vorsicht!«, rief Peter. Das Auto schlitterte zur Seite und die weiße Schneewand schien unaufhaltsam auf den Zweiten Detektiv zuzurasen.
Trotz seiner Müdigkeit reagierte Bob blitzschnell. Er ging vom Gas und steuerte gegen. Wie Irrlichter huschten die Scheinwerfer des VW Käfers über die an den Straßenrand gefrästen Schneehaufen. Doch durch Bobs abruptes Lenken schlingerte das Auto nun in die andere Richtung, geriet auf die Gegenspur und begann sich zu drehen, sodass die Schneemauer an der Abgrenzung der Straße sich jetzt bedrohlich vor Justus' Seitenfenster aufbaute.
»Achtung, Bob!«, schrie der Erste Detektiv.
»Mist!« Wild kurbelte Bob am Steuerrad. Ein Unfall war kaum noch zu vermeiden. Das Auto fing sich ein wenig und Bob gab Gas, um es wieder auf den Fahrstreifen zu bekommen. Doch das war ein Fehler: Die Hinterreifen drehten durch und spritzten wie eine Eisdüse den Schnee in die Luft. Der VW schwenkte nach links aus. Eine Sekunde später drückte sich der Wagen frontal in einen riesigen Schneehaufen hinein und blieb darin stecken. Den Motor hatte Bob bei der Aktion abgewürgt.
Plötzlich war alles ganz still. Vor den drei ??? glimmte milchiges Licht, das die in den Schnee gepressten Frontscheinwerfer erzeugten. Justus drehte sich um. Hinter ihnen war alles in den roten Schein der Rückleuchten getaucht, der die Schneeflocken wie feurige Sterne tanzen ließ. Der Niederschlag wurde

stärker. Justus sah in den grauschwarz verhangenen Himmel über ihnen, der alles in seine Stille tauchte. »Seid ihr okay?«, fragte Bob atemlos. Der Schreck war ihm gehörig in die Glieder gefahren.

Peter war durch den Gurt gerutscht und schob sich ächzend zurück auf den Sitz. »Bis auf ein mittelschweres Schleudertrauma geht es mir gut«, sagte er. »Nein, keine Angst. Alles okay.« Er drehte sich um zur Rückbank. »Und du, Justus?«

»Schon in Ordnung«, sagte der Erste Detektiv und rieb sich den Arm, den er sich an der Seitenwand gestoßen hatte. »Leider hat sich die Verpflegung auf die Reise gemacht. Ausgerechnet das dicke Käsesandwich, das ich mir aufgehoben habe, liegt aufgeklappt im Fußraum.«

»Hoffentlich mit der Käseseite nach oben«, sagte Peter.

»Natürlich mit der Käseseite nach unten«, stellte Justus klar.

»Wir werden bald etwas Ordentliches zu essen bekommen«, beruhigte Bob. »Vor Kurzem haben wir das Ortsschild von Clearwater Springs passiert! Das Hotel ist nicht mehr weit.«

»Das *Snow Paradise*«, sagte Justus, »die einzige Übernachtungsmöglichkeit in dieser Enklave. Ich hoffe, die sind auf einen sehr hungrigen Magen eingerichtet.«

»Davon gehe ich aus!«, sagte Peter. Er hatte sich um die Reise gekümmert. Denn es war seine Idee gewesen, mit seinen beiden besten Freunden an diesem abgelegenen Ort ein paar Tage im Schnee zu verbringen und eine Skitour zu machen. Fernab von allen Detektivgeschichten, die die drei ??? zu Hause ständig auf Trab hielten. »Aber zuerst müssen wir das Auto wieder flottkriegen. Auch wenn hier fast kein Verkehr ist, stehen wir nicht gerade ungefährlich in der Gegend herum.«

Bob nickte und schaltete sicherheitshalber die Warnblinkanlage an. Dann stieg er aus, um sich den Schaden zu besehen. Peter und Justus folgten ihm. Der Schnee fiel und fiel. Dabei war es fast windstill.
Peter spürte die hohen Berge, die irgendwo im Dunkel aufragten und deretwegen sie gekommen waren. Dann wischte er prüfend mit der Hand durch den Schnee. Pulvriges Weiß ergoss sich über die Kofferraumhaube. »Mit etwas Glück sind nur ein paar Beulen im Blech!«
»Also holen wir unsere Limousine mal aus dem Schlamassel«, sagte Justus und klopfte sich die Schneeflocken vom Pullover. »Am besten, Peter und ich schieben dich raus, Bob!«
Der dritte Detektiv nickte, setzte sich zurück ans Steuer, startete den Motor und legte den Rückwärtsgang ein. Während die beiden anderen sich gegen das Auto stemmten, gab er vorsichtig Gas. Die Reifen drehten leicht durch, fanden dann aber Halt, und langsam rollte der VW auf die Straße zurück.
Nachdem Bob wieder angehalten hatte, beugte sich Justus über die Frontpartie des Autos. »Nur ein kleiner Blechschaden«, stellte er fest. »Die Lichter sind okay. Der Kotflügel ist leicht eingedrückt, aber die Reifen sind frei. Hättest du die Schneeketten aufgezogen, Bob, wäre das nicht passiert!«
»Kann ja keiner ahnen, dass es kurz vor Ankunft noch mal so weit raufgeht und glatt wird!«
Kopfschüttelnd trat Justus an die Fahrertür. »Clearwater Springs liegt auf exakt 2238 Höhenmetern. Die Berggipfel der White Bows gehen bis auf 4000 Meter hoch. Das habe ich euch gestern alles erzählt. Hört ihr mir eigentlich manchmal auch zu?«

»Trotzdem hätte ich die Kontrolle über das Fahrzeug nicht verloren, wenn ich nicht abgelenkt worden wäre«, sagte Bob.
»Abgelenkt?«, rief Peter entrüstet. Er prüfte am Heck des Wagens, ob ihre drei Paar Ski die Rutschpartie gut überstanden hatten. Glücklicherweise ja. Wie die Spitzen eines Zauns ragten sie über das Dach des Käfers. »Wer hat dich abgelenkt? Ich? Weil ich so laut beim Radio mitgesungen habe? Nun schieb die Schuld doch nicht immer auf andere!«
»Dich habe ich doch gar nicht gemeint«, rief Bob. »Steig lieber ein. Sonst passiert noch ein Unfall!«
Als hätte er es geahnt, wurde ein lautes Motorengeräusch hörbar. Eilig sprangen Peter und Justus in den VW. Bob fuhr den Wagen auf die rechte Fahrbahnseite. Grelles Licht blendete sie plötzlich. Als das andere Fahrzeug näher kam, sahen sie, dass es sich um einen Pick-up handelte, der mit einer vorne befestigten großen Schaufel Schnee von der Straße räumte. Als es auf Höhe des Käfers war, blieb das Gefährt stehen.
Das Fahrerfenster wurde heruntergelassen. »Irgendwelche Probleme?« Die Stimme der Frau klang samtig, aber bestimmt. Hinter ihr tauchte der Kopf eines großen, weiß-braun gefleckten Hundes auf, der auf dem Beifahrersitz gesessen haben musste. Er drängte sich neben die Frau und bellte. »Ruhig, Snoopy!«, sagte sie. Der Hund gehorchte und schnüffelte.
Vorsichtshalber zwinkerte Bob Snoopy freundlich zu. »Danke, Madam, keine Probleme«, rief er gegen den Lärm des Motors an, »nur eine kleine Rutschpartie. Wir sind auf dem Weg ins *Snow Paradise.*«
»Da habt ihr es nicht mehr weit!«, rief die Frau zurück. »Nach ein paar hundert Metern seid ihr da! Ihr könnt es

schwer verfehlen. Es gibt nur fünf Häuser in Clearwater Springs. Über der Parkplatzeinfahrt leuchtet ein weißer Stern! Wollt ihr ein paar Tage bleiben?«

Bob nickte. »Wir wollen die Skitour in den White Bows gehen. Wie es aussieht, gibt es ja mehr als genug Schnee!«

»Allerdings! Bei dem Wetter müsst ihr auf Lawinen aufpassen. Bleibt auf der markierten Route. Und meidet vor allem das *Weiße Grab*!«

»Das Weiße Grab?« Bob runzelte die Stirn. »Was meinen Sie damit?«

»Fragt Walt Duffy vom Tourist-Office ... oder, äh, wer eben da ist. Man wird euch alles erklären. Ich muss jetzt weiter, Jungs!« Sie zeigte auf die Straße, die bereits wieder komplett mit frischem Schnee bedeckt war. »Bin schon eine ganze Weile unterwegs.«

Bob bedankte sich für die Auskunft und der Pick-up fuhr ruckartig davon.

Justus drehte sich um und sah, wie sich die Rücklichter langsam im Grau auflösten. »Weißes Grab«, murmelte er.

»Das fasziniert dich jetzt, Just, oder?«, sagte Peter provozierend. »Wenn ich dich daran erinnern darf: Wir haben ein paar Tage frei und wollen einfach nur in die Berge! Ich weiß ja, dass dir ein neuer Fall lieber ist, als auf Tourenski durch den Schnee zu stapfen. Aber du hast mir versprochen, dass wir nach den vielen Aufträgen der letzten Zeit ausnahmsweise nicht in ein Abenteuer geraten. Zumindest nicht in ein kriminalistisches! Und genau deshalb habe ich diesen abgelegenen Ort rausgesucht!«

»Das können wir später noch besprechen, Kollegen.« Bob

legte den Gang ein und gab vorsichtig Gas. »Jetzt freue ich mich erst einmal aufs Essen und dann auf mein Bett!«
Peter gähnte. »Und ich erst mal! Nach der langen Fahrt! Aber was ich dich noch fragen wollte: Was hat dich denn vorhin abgelenkt, Bob, wenn ich es nicht war?«
»Ich weiß nicht, ob du das jetzt wirklich hören willst, Zweiter. Das Erste, was man von Clearwater Springs sieht, ist eine kleine Kirche. Wahrscheinlich ist sie dir nicht aufgefallen, weil sie auf meiner Seite lag, und Justus hat da noch vor sich hin gedöst. Ich habe sie zunächst auch nur aus den Augenwinkeln gesehen, schemenhaft, als das Scheinwerferlicht sie gestreift hat. Die Zufahrt war geräumt, sodass man einen Moment lang einen guten Blick hatte. Neben der Kirche lag ein Friedhof. Und da war so ein seltsam schwebendes Licht bei einem der Grabsteine, gerade so, als wäre ein Geist unterwegs ...«
»Ein Geist?«, unterbrach Peter erschrocken. »Komm jetzt bitte nicht mit so etwas! Ich finde, unsere Fahrt hierher war schon unheimlich genug.«
»Wahrscheinlich war es auch nur ein Mensch mit einer Taschenlampe!«, sagte Bob grinsend.
»Was unternimmt man bei so einem Wetter und überdies um eine solche Uhrzeit mit einer Taschenlampe auf einem Friedhof?«, meldete sich Justus von der Rückbank und fügte ohne Unterbrechung hinzu: »Dritter, dreh sofort um! Wir sollten nach dem Rechten sehen!«
»Nein, das sollten wir nicht!«, rief Peter und befahl entschieden: »Bob, fahr bitte sofort ins Hotel!«
Doch Bob bremste den Wagen ab. Nach mehrfachem Hin- und Herrangieren auf der engen Straße gelang es ihm, das Auto

zu wenden. »Wenn wir jetzt nicht nachschauen, wird Justus für den Rest des Abends keine Ruhe mehr geben«, begründete er seine Entscheidung. »An Schlaf wird dann nicht zu denken sein! Wir bleiben nur ganz kurz, Peter. Bestimmt habe ich mich getäuscht. Nach so einer langen Fahrt kann man wirklich Gespenster sehen. In ein paar Minuten sind wir dann im Hotel. Versprochen!«

»Diese Art Versprechen kenne ich«, murmelte Peter.

Fußspuren im Schnee

Langsam fuhr Bob die Straße zurück. Kopfschüttelnd saß Peter neben ihm, während Justus gespannt zwischen den Vordersitzen hindurch durch die Windschutzscheibe blickte. Vom Pick-up war nichts mehr zu sehen, aber auf der geräumten Straße hatten die Reifen nun besseren Griff. Nach etwa vierhundert Metern ließ Bob den Wagen ausrollen und schlug das Lenkrad nach rechts ein. Die Lichtkegel des VW Käfers erfassten eine kleine Holzkirche, die unter der Schneelast auf ihrem Dach schier zusammenzubrechen schien.
Die Zufahrt verbreiterte sich zu einem Parkplatz, der von einer kniehohen Steinmauer begrenzt war. Bob lenkte den Wagen neben sie und stoppte. Hinter der Mauer lugten ein paar Holzkreuze hervor, die sich schemenhaft vor der Kirche abhoben. Gemeinsam starrten die Jungen auf die Szenerie.
»Da ist niemand«, sagte Peter erleichtert. »Schon gar kein Geist! Also lasst uns umdrehen.«
»Moment!«, sagte Justus. In der Hand hielt er plötzlich eine Taschenlampe, die er aus seinem Rucksack gezogen hatte. »Ich möchte mir das kurz anschauen. Du kannst gerne im Auto warten, Peter.«
Der Zweite Detektiv blieb sitzen und sah wie unbeteiligt durch das Seitenfenster. Justus beließ es dabei und wartete, bis Bob ausgestiegen war und den Sitz nach vorne geklappt hatte. Dann quälte er sich durch die enge Öffnung hinaus in die Kälte. »Wo exakt hast du das seltsame Leuchten gesehen?«, fragte er Bob.

Bob schlug die Fahrertür zu. »Das kann ich dir nicht genau sagen.« Der Schnee dämpfte seine Schritte, als er auf die kleine Mauer zuging. »Es muss hier vorne gewesen sein. Sonst hätte ich ja nichts bemerkt.«
Die beiden Detektive stiegen über das schneebedeckte Mäuerchen. Justus beleuchtete den Boden. »Da«, sagte er, »Fußspuren!« Er schritt darauf zu und bückte sich. »Sie sind trotz Neuschnee noch gut zu erkennen.«
Es war eindeutig. Eine Person war von der Kirche aus auf die Mauer zugegangen, war umgedreht und wieder zurückgelaufen.
Plötzlich kam Bob das alles nicht mehr so seltsam vor. »Möglicherweise war tagsüber jemand auf dem Friedhof, hat hier etwas Wichtiges vergessen oder verloren und ist es holen gekommen. Seinen Schlüssel zum Beispiel.«
»Hm.« Justus schritt weiter und blieb dann abrupt stehen. »An diesem Grab hat sich die Person jedenfalls aufgehalten. Schau! Da ist Schnee weggeräumt worden und jemand hat versucht, die Erde aufzugraben!« Er bückte sich. »Aber die Person ist natürlich gescheitert. Der Boden ist gefroren. Dann ist er zur Mauer gegangen, ist umgedreht und wieder in Richtung Kirche gelaufen.«
»Vielleicht wurde er gestört?«
Justus leuchtete auf das Holzkreuz, das in eine Art Steinsockel eingelassen war. An ihm war ein kleines Schild befestigt.
»W. Duffy«, las er vor. »Hieß nicht der Mann vom Touristenbüro ebenfalls Duffy?«
»Wahrscheinlich heißen hier alle Duffy«, sagte Bob. »So abgelegen, wie die Ortschaft ist.«

»Bob, sieh dir das Todesdatum an! Das ist noch gar nicht so lange her. Und der Mann oder die Frau ist nicht mal fünfzig geworden!« Justus blickte sich um. Alles war dunkel. Das einzig Helle waren die Scheinwerfer des Autos und dessen Innenbeleuchtung. Peter hatte das Fenster heruntergekurbelt und sah zu ihnen hinüber. Immer noch fiel Schnee, wenn auch weniger dicht als vorher.
»Sollen wir den Fußspuren folgen?«, fragte Bob.
Justus nickte. Sie warfen einen Blick zurück zu Peter und liefen los. Die Person war wieder zur Kirche gegangen und dann auf einen Fußweg eingebogen, der ins Dunkel führte.
»Wahrscheinlich geht es da zum Ort«, überlegte Justus.
»Gehen wir?«, fragte Bob. »Peter ist allein.«

»Und?«, fragte der Zweite Detektiv, als Justus und Bob wieder ins Auto eingestiegen waren.
»Ich frage mich, warum jemand nachts heimlich eine Leiche ausgraben will«, sagte Justus und machte es sich bequem.
Peter stöhnte auf. »Ausgraben? Bist du dir sicher?«
»Sah tatsächlich so aus«, sagte Bob. »Peter, mir scheint, dass dein Plan, uns in eine harmlose Gegend zu führen, gehörig schiefgelaufen ist.« Er startete den Motor und setzte das Auto zum Wenden zurück.
»Es gibt bestimmt einen einfachen Grund für das alles«, sagte Peter. »Vielleicht ...«
»Na?«, fragte Justus.
»... vielleicht wurde versehentlich eine wertvolle Uhr mit begraben, die zur Erbschaft gehört.«
»Genau so wird es sein«, sagte Justus ironisch.

»Oder es war ein wildes Tier!«

»Mit Taschenlampe und Winterstiefeln?«

Peter schwieg. Ihm fiel dummerweise kein harmloser Grund ein, warum jemand bei Schneetreiben in der Nacht ein Grab ausheben wollte.

Inzwischen war Bob wieder auf die Straße gefahren und sie hatten zwei frei stehende Häuser passiert. Eins der Fenster war von einem flimmernden Licht erleuchtet.

»Fernsehen scheint es hier immerhin zu geben«, sagte Bob und grinste. »Aber sonst herrscht absolut tote Hose. Ich kann verstehen, warum du den Ort ausgesucht hast, Peter!« Er passierte eine Kurve und stieg plötzlich auf die Bremse, bis er realisierte, dass das Ungeheuer links am Straßenrand nur eine große, abgestellte Pistenraupe war. »Die haben eine Skipiste hier?«, murmelte er verwundert. »Für wen haben die die denn? Doch nicht für die zwei, drei Tourengeher, die hier in der Woche vorbeikommen?«

Aber Peter erklärte begeistert: »Im Internet habe ich davon gelesen. Es gibt auch einen Skilift. Die Piste soll sogar ganz abwechslungsreich sein. Wir können sie ja mal ausprobieren. Macht bestimmt Spaß, wenn man den Hang ganz für sich allein hat!«

»Ich bin dabei«, sagte Bob. Sie hatten die Kurve durchfahren und vor ihnen strahlte der weiße Stern des Hotels auf. Darunter leuchtete in geschwungenen Buchstaben der Schriftzug *Snow Paradise*. Der dritte Detektiv bog auf den Parkplatz ein. Nur drei weitere Wagen standen auf dem Gelände. Einer war von dickem Schnee bedeckt, auf den beiden anderen hatte sich erst eine dünnere weiße Schicht gebildet. »Da sind wohl noch andere heute Abend eingetroffen«, sagte Bob. »Ganz allein sind wir also nicht!« Er stellte das Auto nahe dem Eingang ab und machte den Motor aus. »Mann, habe ich einen Kohldampf!«

Den verspürten die beiden anderen Detektive auch. Sie schnappten sich ihr Gepäck und betraten wenige Augenblicke später einen einfachen Flur, an dessen rechter Seite sich eine Art Empfangstresen befand. Er war unbesetzt.

Wenn niemand da ist, sind wir gerade mit etwas anderem beschäftigt, stand auf einem kleinen Pappschild. *Dann klingelt oder macht euch sonst wie bemerkbar.* Ein Pfeil wies auf eine Kuhglocke, wie man sie aus Europa kannte. Justus schellte. Nichts passierte. Er schellte noch einmal. Plötzlich flog die Haustür auf und ein vielleicht vierzigjähriger Mann in Daunenjacke und Winterstiefeln kam herein. Er klopfte sich den Schnee von der Kleidung. »Wartet ihr schon lange?«

»Nein«, sagte Peter, »gerade erst angekommen. Gehören Sie zum Hotel?«

»Ich bin der Inhaber«, sagte der Mann und zog Jacke und Mütze aus. Dunkle kurze Haare, ein scharf geschnittenes Gesicht. »Joe Patwin. Herzlich willkommen!«

Indianischer Abstammung, dachte Justus. Auch der Name sprach dafür. Mit einem Blick auf die nassen Stiefel fragte er: »Sie waren draußen? Ungemütlich dort.«

Mr Patwin zwängte sich hinter die Theke. »Ja. Musste noch was besorgen. Ihr seid bestimmt die Peter-Shaw-Gruppe, die die Four-Hill-Tour machen möchte?«

»Korrekt«, sagte Peter. »Nett, das mit der Kuhglocke aus den Alpen!«

»Made in China«, sagte Patwin.
Sie erledigten die Formalitäten, dann fragte der Zweite Detektiv: »Auf der Herfahrt haben wir eine Pistenraupe gesehen, wie groß ist denn das Skigebiet hier?«
»Wir nennen es Little Aspen. Ist ironisch gemeint. Es gibt nur eine Abfahrt, aber die hat es durchaus in sich. Sehr lang und teilweise steil. Ihr könnt sie gerne fahren, Details erfahrt ihr im Touristenbüro.«
»Da wollten wir sowieso noch hin«, sagte Peter, »wegen der Tour. Hat es denn so spät noch auf?«
»In einer Stunde wieder. So ungefähr. Den Ausgang raus, ums Haus rum und wieder rein. Aber jetzt zeige ich euch euer Zimmer.«
Sie mussten eine Treppe hochsteigen, dann kamen sie in einen schmalen Gang. »101, gleich das erste Zimmer auf der rechten Seite«, sagte der Hotelbesitzer und öffnete die Tür. »Wem darf ich den Schlüssel geben?«
»Gerne mir«, sagte Justus. »Wann gibt es Abendessen?«
»Wann seid ihr bereit?«, fragte Patwin zurück.
Bob sah die anderen an. »In einer Viertelstunde? Wir räumen noch das Gepäck aus.«
»Passt. Die Stube ist unten, einfach den Gang neben der Rezeption weiter geradeaus.«
Die drei ??? bedankten sich und sahen sich im Zimmer um. Das Doppelbett war bezogen und auch die breite Couch, die an der Rückwand stand. Ein ländlicher Schrank, ein kleiner Tisch, drei Bistro-Stühle. Seitlich eine halb offene Tür, durch die man ein modernes Bad mit Dusche und Toilette erahnen konnte. Schlicht, aber durchaus mit Geschmack.

Bob hatte mit anderem gerechnet. Er trat ans Fenster, um in die dunkle Nacht zu sehen. Wo die Berge waren, konnte man nur mutmaßen. Hinter den dichten Wolken hatte der Mond keine Chance. Sein Blick wanderte nach rechts. »Kollegen«, rief er überrascht aus, »ihr werdet es nicht glauben: Der Skilift läuft!«

Geisterlift

»Der Skilift läuft?«, fragte Peter ungläubig. »So spät?« Er trat neben Bob. Tatsächlich. Der Einstieg zu dem Lift befand sich ein Stück weit hinter dem Pistenbully, den sie am Straßenrand entdeckt hatten. Im fahlen Licht einer an das Lifthäuschen angebrachten Lampe sah man Ankerbügel um Ankerbügel in der Dunkelheit verschwinden. Sie waren alle leer.

»Gespenstisch«, sagte Peter. »Niemand fährt mit.«

»Vielleicht testen sie den Motor«, sagte Bob.

»Um diese Uhrzeit?« Peter schüttelte den Kopf.

Neugierig kam auch Justus zu ihnen und blickte hinaus. »Da oben! Am Berg! Ein Lichtschein!«

Tatsächlich. Schräg über ihnen, wo der gegenüberliegende Berghang sein musste, entdeckten auch Peter und Bob das kleine flimmernde Licht, das sich aufwärtsbewegte. Manchmal verschwand es, dann tauchte es wieder auf, nur um gleich darauf wieder scheinbar zu verlöschen.

»Seltsam«, sagte Justus. »Erst dieses Licht am Grab, nun ein Flimmern am Berg. Wir scheinen in der Tat in eine gespenstische Gegend gekommen zu sein.«

Peter seufzte. Sie starrten noch eine Weile in die Nacht. Das rätselhafte Flackern tauchte nicht mehr auf. Dann stoppte der Lift. Das Licht am Häuschen erlosch und alles lag plötzlich im Dunkeln. Als wäre nichts gewesen ... als hätten sie sich alles nur eingebildet.

»Na dann«, sagte Bob, »holen wir unser Gepäck!«

Zehn Minuten später öffnete Justus die Tür zum Speiseraum.

Das Verstauen der Ski und das Schleppen der schweren Klamotten war in der dünnen Höhenluft anstrengend gewesen und der Erste Detektiv schnaufte immer noch.

Die Stube war so gut wie leer. Nur zwei Tische waren besetzt. Ein Mann, Ende vierzig, mit schmalem Gesicht und glatten dunklen Haaren, die ihm auf beiden Seiten bis unter die Wangen fielen, saß am Fenster und pickte mit einer Gabel Pommes frites aus einer gut gefüllten Schüssel. Sein geschmackvolles Hemd saß perfekt und seine ganze Erscheinung ließ darauf schließen, dass er normalerweise in nobleren Restaurants aß. Nun drehte er sich um und sah die drei ??? interessiert an.

Auch der andere Gast war männlich. Weit weniger elegant gekleidet als der Dunkelhaarige – er trug einen ausgeleierten Skipulli und alte Jogginghosen –, passte er eher in diese abgelegene Gegend. In der Hand hielt er ein fast leeres Bierglas und auf dem Teller vor ihm lagen die Reste eines Burgers, garniert mit einem Salatblatt und ein paar vereinzelten Pommes frites. Aus scharfen Augen, die wachsam über seinem wilden Bart aufblitzten, fixierte er die drei ???, als sei es geradezu ein Wunder, dass es in diesem Hotel so etwas wie neue Gäste gab.

Die drei Detektive kamen sich vor wie Tiere im Zoo. »Einen wunderschönen guten Abend!«, sagte Justus betont munter.

Keine Antwort.

Joe Patwin eilte durch eine Schwingtür herein, durch die es offenbar in die Küche ging. Er hatte sich eine Schürze umgebunden. »Da seid ihr ja. Setzt euch, ihr habt freie Platzwahl!«

Justus nickte und wandte sich an die zwei anderen Gäste: »Sind Sie auch wegen der Four-Hills-Tour hier?«, rief er etwas übertrieben heiter.

Der Mann mit dem Bart hob nur kurz sein Bierglas. Der andere reagierte gar nicht.
Die drei ??? verzogen das Gesicht und wählten den Tisch, der am weitesten von den beiden entfernt lag.
Patwin folgte ihnen beflissentlich und die Jungen bestellten drei extragroße Burger-Teller mit Pommes. Etwas anderes als Burger mit unterschiedlichen Beilagen gab es sowieso nicht. Der Hotelbesitzer hatte sich schon wieder abgewandt, als Justus fragte: »Sir, warum läuft eigentlich bei Ihnen der Skilift so spät am Abend?«
Patwin blieb stehen. »Der Lift? Da müsst ihr euch getäuscht haben.«
Justus sah ihn direkt an. »Und was war das für ein seltsames Leuchten am Berg?«
Da hob Patwin beschwichtigend die Hände. »Ihr habt es gesehen?«, fragte er fast flüsternd.
»Das Licht am Berg? Ja!«, sagte Justus laut.
»Das Gespenst«, flüsterte Patwin, »es ist also wieder da!«
»Welches Gespenst, Mr Patwin?«, fragte Peter.
»Der Tote aus dem Weißen Grab«, flüsterte der Hotelbesitzer. Seine Augen schienen zu flackern. »Er ist wieder da! Das bedeutet nichts Gutes!« Mit diesen Worten drehte er sich endgültig um und verschwand in der Küche.
»Seltsames Bergvölkchen«, sagte plötzlich der elegant gekleidete Mann am Fenster. Offenbar hatte er den Dialog mitbekommen. Er nahm sein Glas Wasser und kam zu den drei ??? herüber. »Darf ich?«
Justus wog unschlüssig den Kopf.
Der Mann interpretierte es als Einladung und setzte sich zu

ihnen. »Ihr macht hier Urlaub?«, fragte er mit leiser Stimme. »So junge Leute wie ihr?«
»Warum nicht?« Bob sah Justus an.
»Wie ich bereits erwähnte, planen wir, die Four-Hills-Tour zu gehen«, erläuterte Justus.
»Seid ihr denn schon einmal in Clearwater Springs gewesen?«, fragte der Mann, der sich nach wie vor nicht vorgestellt hatte.
Justus schüttelte den Kopf.
»Dann wisst ihr also nichts von dem Lawinenunglück?«
»Von einem Unglück haben wir nichts gehört«, sagte Justus, »aber so etwas interessiert uns. Bitte erzählen Sie, Sir!«
»Ach, nein, ich will euch nicht ängstigen. Entschuldigt bitte die Störung.« Der Mann stand wieder auf und ging zurück zu seinem Tisch.
»Lawinenunglück«, murmelte Peter. »Die Tour soll doch so sicher sein. Gerade deswegen habe ich sie ausgesucht!«
»Das ist sie bestimmt auch«, sagte Justus wie nebenbei. Ihm war aufgefallen, dass der Mann mit dem Bart die ganze Zeit über die Szene beobachtet hatte.
Die Küchentür schwang auf, doch diesmal kam nicht Mr Patwin heraus. Es erschien den Jungen vielmehr wie ein Zeichen, dass der Abend noch eine glückliche Wendung nehmen könnte. Das Mädchen, das aus der Küche trat, war etwa so alt wie die drei ???, sah äußerst gut aus und hatte eine Ausstrahlung, die die Jungen in ihren Bann zog.
In der rechten Hand balancierte sie ein Tablett mit drei Gläsern. Damit baute sie sich vor den drei ??? auf und sagte: »Normalerweise sehen in Clearwater Springs selten so nette

Jungs vorbei! Schon ziemlich das Ende der Welt hier. Wer bekommt die Cola?«
»Cola ... für mich«, stotterte Peter.
»Wasser?«
»Ja«, sagte Justus.
»Dann bekommst du die Limo«, sagte das Mädchen und sah Bob sekundenlang in die Augen.
Dessen Mund öffnete sich, doch es kam nichts heraus.
Das Mädchen stellte das Glas behutsam vor ihm ab.
»Habt ihr Freundinnen?«, fragte sie offenbar wieder in die Runde, doch sie sah Bob dabei an.
»Freundin, was ist das?« Justus grinste.
»Ich eher ja«, sagte Peter.
»Zurzeit nein«, murmelte Bob.
»Ich heiße Kelly«, sagte das Mädchen, »Kelly Patwin.«
»Kelly?« Justus lachte.
»Was ist daran so komisch?«, fragte Kelly.
»Seine ... Freundin heißt so«, sagte Justus und deutete auf Peter. »Und dein Nachname ist Patwin, wie der des Hotelbesitzers?«
Kelly nickte. »Ich bin seine Tochter. Nun schaut nicht so ungläubig. In Clearwater wohnen echte Menschen, auch wenn es manchmal nicht so aussieht. In der Hauptsache die Familien der Patwins und die der Duffys. Außerdem haben sich im Laufe der Jahre noch ein paar Gäste und ein paar Bewohner des Weißen Grabs dazwischengemischt!« Sie lächelte. »Wer weiß das schon so genau?«
»Vorhin hat schon jemand das Weiße Grab erwähnt«, sagte Justus, »was ist das?«

»Kelly!« Das Gesicht des Hotelbesitzers war in der Schwingtür erschienen. »Das Hackfleisch brennt an«, rief er, »bitte komm mal in die Küche und kümmere dich darum!«

»Kannst du das nicht kurz tun?«, fragte Kelly zurück.

Patwin sah ihr fest in die Augen.

»Wie du meinst!« Sie drehte sich um und stapfte los.

»Kelly Lichtblick«, murmelte Peter, »jetzt ist sie leider verschwunden …«

Doch eine Minute später stand sie schon wieder vor den drei Detektiven mit zwei dampfenden Burger-Tellern in der Hand. Mr Patwin brachte den dritten, sodass die drei ??? schlecht an das vorige Gespräch mit dem Mädchen anknüpfen konnten.

Justus sah auf die Uhr.

Als könnte er Gedanken lesen, sagte der Hotelbesitzer: »Esst in Ruhe fertig! Im Touristenbüro wird auf alle Fälle jemand für euch da sein.«

Also ließen sie es sich schmecken. Zwanzig Minuten später legten Justus, Peter und Bob Messer und Gabel beiseite und verließen satt und zufrieden das Restaurant.

»Wir müssen außen herumgehen«, erinnerte sich Bob.

Sie öffneten die Haustür. Immer noch fiel Schnee. Und es war empfindlich kalt geworden. Aber für die kurze Strecke brauchten sie keine Jacken, schnell joggten sie um das Haus herum. Das Touristenbüro war erleuchtet und Peter drückte die Tür auf.

Ein enger, kleiner Raum voller Drehsäulen mit Landkarten, Ansteckern und Aufklebern. Hinter der schmalen Theke war niemand. Peter entdeckte ein Schild mit der Aufschrift: *Wenn keiner da ist, sind wir gerade mit etwas anderem beschäftigt.*

Dann klingelt oder macht euch sonst wie bemerkbar. Ein Pfeil wies auf eine Kuhglocke. Peter lächelte und schellte. Eine Tür ging auf und Mr Patwin trat ein. Noch im Gehen band er sich die Schürze ab und warf sie über einen Stuhl.

»*Sie*?«, fragte Justus.

Mr Patwin nickte und setzte eine Kappe auf, auf der die Worte *Willkommen in Clearwater Springs* standen. »Ich habe mehrere Jobs. Wir sind so wenige Leute hier!« Er grinste. Offenbar war ihm die Überraschung schon öfter gelungen.

»In welcher Funktion werden Sie uns denn noch so begegnen?«, fragte Justus.

»Tja ... das war es im Wesentlichen! Und ich bin der Lokaljournalist. Wenn es überhaupt mal etwas zu berichten gibt, schreibe ich es auf und übermittle es an die Mountain Post unten im Tal. Und dann bin ich natürlich noch ... für dies und das zuständig. Die Post zum Beispiel.«

»Sind Sie hier vielleicht auch der Pfarrer?«, fragte Bob.

Mr Patwin lachte. »Da wäre ich der Falsche. Ich bin kein Christ. Nein, einen Pfarrer können wir uns hier nicht leisten. Und die Gemeinde im Tal liegt über eine Stunde weit weg. Pater Samuel fährt für die Andacht in unserer Kirche alle vierzehn Tage die Serpentinenstraße hoch und wieder hinunter, oder wenn etwas passiert.«

»Wenn jemand stirbt zum Beispiel?«

»Ja, wenn jemand stirbt.«

»Wir hatten eigentlich einen Walt Duffy in diesem Büro erwartet«, sagte Justus.

»Ach, Walt. Ja, Walt hat das hier gemacht, bevor er von uns gegangen ist.«

Unmerklich stieß Justus Bob in die Seite. *W. Duffy*, das hatte auf dem Grabkreuz gestanden.

Mr Patwin hielt kurz inne und fragte dann mit einem schwer zu deutenden Unterton in der Stimme: »Wer hat euch von Walt erzählt?«

»Eine Frau in einem Räumfahrzeug, die wir nach dem Weg gefragt haben. Sie hatte einen Hund dabei.«

»Das war Laurenne! Sie ist Walts Schwester, wisst ihr? Sie kann sich einfach nicht daran gewöhnen, dass Walt tot ist. Ihr einziges Andenken ist Snoopy, sein Hund. Den liebt sie über alles. Seit ein paar Wochen behauptet sie steif und fest, dass der Geist von Walt umgeht. Und ich sage euch, da kann sogar etwas dran sein! Ihr habt ihn ja offenbar auch gesehen.«

Justus wiegte den Kopf. »Ich kann bestätigen, dass wir *irgendetwas* gesehen haben. Dass es ein Geist war, würde ich nicht zu behaupten wagen. Woran ist Mr Duffy denn gestorben?«

»Der Weiße Tod«, sagte Mr Patwin. »Eine Lawine. Er war zur falschen Zeit am falschen Ort. Es geschah oben in den Bergen, am Weißen Grab!«

»Und wo befindet sich dieses Grab?«

»Moment, ich zeige es euch.« Der Hotelbesitzer nahm eine Landkarte aus einer Verkaufssäule, faltete sie auseinander und deutete mit dem Finger auf einen Punkt. »Hier ist Clearwater Springs. Wenn ihr die Four-Hills-Tour macht, werdet ihr auf dieser Linie die Berge passieren. Zum Schluss geht es dann über die Straße zu uns zurück. Die Tour ist anstrengend, aber ungefährlich. Die meisten brauchen drei Tage, manche schaffen es in zwei. Unterwegs trefft ihr auf zwei unbewirtschaftete Schutzhütten, aber das wisst ihr vermutlich.«

Peter nickte. So weit hatte er sich informiert.
Der Hotelbesitzer redete weiter. »Dort findet ihr jeweils einen Notruf. Mobiltelefone funktionieren nur an wenigen Stellen. Den Schlüssel zu den Hütten erhaltet ihr von mir. Wartet, ich kann ihn euch gleich mitgeben.«
Peter steckte ihn ein. »Und die Strecke ist wirklich sicher?«
»Seit Jahrzehnten hat es dort keine Lawinen mehr gegeben. Das liegt daran, dass der Schnee in der Regel jenseits eures Weges abgeht. An den gefährlichen Stellen existieren Brücken und Schutzwälle, die wir gerade erst erneuert haben.«
»Deswegen habe ich genau diese Tour ausgewählt«, unterbrach Peter. »So schön es in den Bergen auch ist: Ich habe keine Lust, unter Schnee begraben zu werden!«
»Da hast du richtig entschieden«, sagte Mr Patwin. »Aber zurück zu eurer Frage: Passt auf, dass ihr nicht vom Weg abkommt und zum Weißen Grab gelangt!« Er zeigte auf die Karte. »Hier ist es. Meidet dieses Gebiet unbedingt! Habt ihr mich verstanden? Walt war nicht der erste Tote, den es dort gegeben hat. Kein Wunder, dass dort oben ein Geist umgeht!«

Aufgeweckt!

Die drei ??? beugten sich über die Landkarte. Mr Patwins Finger deutete neben den ersten Berg, den sie passieren mussten. »Morgen früh steigt ihr hoch bis an diesen Bergrücken. Dort gabelt sich der Weg dreifach. Ganz links geht die Piste mit der Talabfahrt ab, schräg links kommt ihr zu eurer Skitour. Doch wenn ihr rechts abzweigt und über den Kamm auf die andere Seite gelangt, folgt dort eine weite Senke. Ein kleiner Gletscher hat sie ausgeschliffen. Mitten im Gelände, direkt neben dem Gletscher, steht eine Hütte, die vor allem im Sommer genutzt wird. Sie ist schon sehr alt, wurde oft zerstört, aber immer wieder aufgebaut.« Er sah auf. »Meistens durch Lawinen. Es hat auch einige Menschen erwischt. Deswegen heißt die Gegend bei uns das Weiße Grab.«

»Warum ist dieses Gebiet so lawinengefährdet?«, fragte Bob.

»Am Hang darüber befindet sich eine große, in Richtung der Senke abfallende Ebene. Der Wind weht hier große Schneemassen auf. Irgendwann hält das Ganze nicht mehr, besonders jetzt, wo der Winter seinem Ende zugeht. Der Schnee kommt ins Rutschen und brettert als Lawine ins Tal. Das ist eine Gewalt, die du dir kaum vorstellen kannst. Sie reißt alles mit. Kein Baum, kein Haus kann sich dagegenstemmen, und alles wird unter dem Schnee begraben. Allerdings ist die Hütte einigermaßen sicher, seit wir sie von der Bergseite her mit einem breit gezogenen Erdwall geschützt und über ihr ein dickes Grasdach angelegt haben. So hat sie schon mehrere Winter überstanden.«

»Machen Sie sich keine Sorgen«, sagte Peter. »Da werden wir ganz bestimmt nicht hinfahren. Nicht für alles Geld der Welt!«

»Von dem hättest du dann auch nicht mehr viel«, sagte Mr Patwin.

»Versprochen«, sagte Peter. Und fügte mit einem Seitenblick auf Justus hinzu: »Für die Tour werden wir drei Tage brauchen. Bekommen wir die Verpflegung von Ihnen?«

»Morgen früh stellt euch Kelly alles bereit. Wie du es bestellt hast. Wann wollt ihr starten?«

»Spätestens um acht«, meinte Peter, bevor jemand anderes etwas sagen konnte.

»Um neun«, sagte Justus und grinste. »Am liebsten allerdings nach einem ausgiebigen Frühstück um zehn.«

Ein Lächeln huschte über Mr Patwins Gesicht. »Ihr könnt auch mit dem Lift hochfahren«, sagte er. »Es kostet zwar zehn Dollar pro Person, aber dann seid ihr schon fast am Kamm.«

Während Peter entschieden den Kopf schüttelte, sagte Justus freundlich: »Das Angebot nehmen wir sehr gerne an, Mr Patwin!«

»Okay. Ich sage dem Mann von der Bergbahn Bescheid! Eher gegen etwas später dann?«

Peter gab auf und nickte.

»Habt ihr sonst noch irgendwelche Fragen? Andernfalls muss ich wieder vor ins Restaurant, die beiden anderen Gäste sind noch da!«

»Apropos Gäste«, sagte Justus, »warum kommen hier eigentlich so wenig Besucher hin, wenn die Gegend so schön ist?«

»Nun, es gibt attraktivere Ziele, die besser und schneller zu erreichen sind als Clearwater Springs«, sagte der Hotelbesitzer. »Wir sind schon ein wenig abgelegen. Leider. Und auch die beiden unbewirtschafteten Hütten schrecken wohl viele Besucher ab. Die sind wahrlich kein Luxus. Aber wir lassen uns nicht unterkriegen!«

Bob hatte derweil in den Regalen gestöbert und zog ein kleines Buch heraus. »*Das Weiße Grab*«, las er den Titel murmelnd vor. »*Die wechselvolle Geschichte eines heiligen Ortes*! Interessant. Was kostet das?«

»Sieben Dollar. Da könnt ihr alles über die Hütte nachlesen. Man hat ein altes Tagebuch gefunden, das verschiedene Bewohner der Hütte über Jahrzehnte fortgeschrieben haben. Wir haben es kommentiert und erweitert und daraus dieses Buch gemacht.«

Bob sah auf das Titelblatt. *Von Walt Duffy*, stand da. »Ich kaufe es«, sagte er.

Mr Patwin kassierte das Geld. Da die drei ??? alles hatten, was sie brauchten, schloss der Hotelbesitzer das Touristenbüro. »Ihr könnt gerne innen durchgehen!«, bot er an und schmunzelte. »Schließlich gehört ihr fast schon hierher.«

Die Jungen nickten. Sie kamen am Büro von Mr Patwin vorbei und erreichten kurz darauf die Treppe. Da sie müde waren, gingen sie gar nicht mehr zurück in den Speiseraum, sondern direkt aufs Zimmer.

»Danke für die Informationen, Mr Patwin, und gute Nacht«, sagte Peter.

»Bis morgen früh!« Der Hotelbesitzer nickte ihnen zu und lief wieder in die Küche.

Gedankenvoll stiegen die drei ??? die Stufen hoch. Bob wollte unbedingt noch in das Buch schauen, bevor sie schlafen gingen. Justus dachte über ihre Beobachtungen nach und versuchte, einen Sinn dahinter zu erkennen. Peter hingegen war zwiegespalten. Einerseits war er voller Vorfreude auf die Tage im Schnee, andererseits hatte er das Gefühl, dass sich ein dunkler Schatten auf seinen schönen Plan von einem erholsamen Ausflug gelegt hatte.

Als die drei Detektive die Tür hinter sich geschlossen hatten, fragte Justus: »Was haltet ihr davon, wenn wir die Tour um einen Tag verschieben?«

»Nichts«, sagte Peter sofort. »Wir müssen pünktlich zurück sein!«

»Aber es gibt hier mehrere erstaunliche Dinge«, insistierte Justus. »Ich möchte zwar noch nicht von einem Rätsel sprechen oder gar von einem neuen Fall, aber die Sache mit dem Friedhof, mit den Lawinen, den Lichtern ... Es ist so einiges seltsam hier. Nicht zuletzt das Verhalten der Leute. Zum Beispiel, als wir im Hotel eintrafen. Niemand war da und wenige Augenblicke später kommt Mr Patwin daher und klopft sich den Schnee von der Jacke.«

»Er war halt draußen«, sagte Peter.

»Bestimmt gelangt man auf einem Fußweg vom Hotel zur Kirche«, sagte Justus.

Peter holte Luft. »Hör auf, Justus! Hatten wir nicht mehr als genug Fälle in letzter Zeit? Bob, gib mir bitte recht!«

Bob setzte sich aufs Bett und legte das Buch auf sein Kopfkissen. »Ich verstehe euch beide«, sagte er. »Und ich möchte es mir mit keinem von euch verderben.«

»Dann sag doch einfach, was du willst!«, rief Peter.

»Die Fahrt war lang und es kann sein, dass uns unsere Eindrücke täuschen …«
»Das tun sie nie!«, unterbrach Justus.
»Lass mich doch mal ausreden! Ich meine, dass dieser Ort vielleicht seltsam ist und die Leute schrullig sind, aber kein Fall für die drei ??? dahinterstecken muss. Und wenn doch, dann holt er uns ohnehin ein. Ich schlage vor, wir machen uns morgen auf den Weg und sehen, was passiert.«
Justus schwieg, zupfte an seiner Unterlippe und schritt unschlüssig im Zimmer hin und her. Vor dem Fenster blieb er stehen und starrte in die Nacht.
»Okay«, sagte er nach einer Weile. »Einverstanden.«
Erleichtert atmete Peter aus.
Doch Bobs Gesichtsausdruck blieb nachdenklich. Das Licht am Berg, dachte er. Justus hat nur zugestimmt, weil er da oben nach dem Rechten sehen will. Aber auch den dritten Detektiv hatte dieser eigenartige Ort gepackt. Er nahm das Buch über das Weiße Grab und blätterte darin, während Peter und Justus ihre Schlafsachen auspackten.
Nachdem Justus und Peter im Bad gewesen waren und sich in ihre Betten gelegt hatten – Justus auf die Schlafcouch und Peter neben Bob –, berichtete der dritte Detektiv in Kurzform, was er gelesen hatte. »Dieser Platz oben in den Bergen ist schon lange bekannt. Die Indianer waren die Ersten, die ihn für sich entdeckten. Der Ort galt bei ihnen als heilig und sie bauten eine Kultstätte darauf.« Er blickte auf. »Interessiert euch das überhaupt? Oder seid ihr schon am Einschlafen?«
»Sprich weiter«, sagte Justus, »ich höre dir zu.«
»Hmm«, brummte Peter schläfrig.

»Die Indianer nutzten den Ort nur im Sommer«, fuhr Bob fort. »Im Winter verließen sie ihn, weil er zu gefährlich war und sie einen bösen Gott in den Bergen vermuteten. Später tauchten die ersten weißen Siedler auf. Zunächst kam man sich nicht in die Quere, doch als der Goldrausch ausbrach, vertrieben sie die Indianer und bauten dort eine Hütte, weil sie in der Senke neben dem Gletscherstrom Gold vermuteten. Tatsächlich fanden sie welches, doch so wenig, dass es sich nicht lange lohnte. Sie zogen weiter. Jahre vergingen. Dann kam die Zeit der Prohibition.«

»Alkoholverbot, Peter«, murmelte Justus.

»Hmm«, machte Peter.

»Ein paar Verrückte nutzten den abgelegenen Platz zur illegalen Schnapsbrennerei«, erzählte Bob. »Zum Schluss sogar in großem Stil. Sie schafften den Schnaps ins Tal und fuhren ihn auf geheimen Wegen in die Städte. Das Ganze flog nie auf. Erst als die Prohibition vorbei war, hörten sie auf, weil es keinen Sinn mehr machte. Justus? Schläfst du?«

»Hmhm.«

Bob drehte sich zu Peter, der tief und fest schlummerte. Also schob der dritte Detektiv das Buch zur Seite. »Fortsetzung folgt morgen, Kollegen.« Er ging ins Bad, legte sich dann leise ins Bett und löschte das Licht.

Wie lange er geschlafen hatte, wusste Bob nicht. Ein Geräusch hatte ihn geweckt. Das Letzte, an das er sich erinnerte, war ein Traumbild. Sie waren in ihrer Zentrale gewesen. Justus und Peter hatten sich um Bobs Snowboard gestritten und er hatte sich nicht entscheiden können, wem er es geben sollte. Dann war es runtergefallen und wie Porzellan zerprungen.

Der dritte Detektiv hörte, wie Peter neben ihm schnarchte. Justus' Atem ging langsam und ruhig. Ein Blick auf sein Handy sagte Bob, dass es kurz nach ein Uhr nachts war. Unten im Haus knarrte eine Diele. Vielleicht war Mr Patwin auf einem nächtlichen Kontrollgang. Das wäre nicht weiter ungewöhnlich. Aber ein paar ungewöhnliche Dinge waren bereits geschehen. Bob beschloss nachzuschauen, aber seine Freunde wollte er deswegen nicht wecken. Leise schlüpfte er auf den Gang. Nun knarrte eine Tür im Erdgeschoss. Alles war dunkel. Wenn es der Hotelbesitzer wäre, würde er ja wohl Licht machen, dachte Bob. Die Taschenlampe, die er eingesteckt hatte, ließ er lieber ausgeschaltet. Vorsichtig tastete er sich die Treppe hinunter. Auf der untersten Stufe verharrte er kurz. Er hörte gedämpfte Geräusche aus der Richtung des Büros. Als er den Flur durchqueren wollte, stieß Bob mit dem Fuß gegen einen harten Gegenstand. Es gab einen kurzen Laut. Bob schaltete die Lampe ein. Ein hölzerner Schirmständer, der offenbar schon vorher am Boden gelegen hatte. Jemand musste ihn umgestoßen haben. Vielleicht hatte ihn das Geräusch geweckt? Bob wartete. Alles blieb still. Sollte er Justus und Peter Bescheid sagen? Er entschied sich dagegen. Einen vorsichtigen Blick würde er riskieren können.
Er schaltete das Licht wieder aus und betrat den Gang zum Touristenbüro. Mit der Hand taste er sich an der Wand entlang. Wenn er sich nicht täuschte, musste er das Büro erreicht haben. Er suchte nach der Tür, doch seine Hand griff ins Leere. Noch bevor ihm klar wurde, was das bedeutete, bekam Bob einen Stoß. Er flog seitwärts in die dunkle Türöffnung, stolperte, drehte sich und wurde in etwas hineingedrückt, das nach

hinten weiterrollte. Ein Bürostuhl. Mit einem heftigen Schlag stieß er gegen einen harten Gegenstand und die Bewegung stoppte. Bobs Hand umklammerte immer noch die Taschenlampe. Er schaltete sie an und zielte auf die Tür.

Niemand. Schritte waren zu hören, die sich rasch entfernten.

Der dritte Detektiv sprang auf, lief zur Tür und leuchtete den Gang hinab.

Der andere war weg.

Was hatte er im Büro gesucht?

Erst mal tief Luft holen. Bob schloss die Tür von innen. Er fand den Lichtschalter und sah sich um. Auf dem Schreibtisch, gegen den der Bürostuhl gestoßen war, lag eine aufgeschlagene Mappe.

Die verbotene Zone

Offenbar hatte Bob den Eindringling früh gestört. Der Inhalt der Mappe war noch ordentlich aufeinandergeschichtet, nur ein ausgeschnittener Zeitungsartikel lag halb herausgezogen auf dem Tisch. Der dritte Detektiv setzte sich und sah ihn sich an. *Toter bei Lawinenunglück* war die Überschrift. In knappen Worten wurde berichtet, dass es beim Weißen Grab ein Lawinenunglück gegeben hatte. Dabei war ein Einwohner von Clearwater Springs ums Leben gekommen. Ein Name wurde nicht genannt, aber das Datum des Artikels passte zum Todesdatum auf dem Kreuz. Geschrieben hatte den Bericht J. Patwin. Für Bob war das alles nichts Neues. Gerade als er weiter in der Mappe blättern wollte, hörte der dritte Detektiv Schritte auf dem Gang. Kam der Eindringling zurück? Bob sah sich um. Viele Möglichkeiten, sich zu verstecken, gab es in dem kleinen Büro nicht. Genau genommen gar keine. Bob löschte das Deckenlicht und sprang seitlich neben die Tür in der Hoffnung, dass der Besucher sie weit offen stehen lassen und ihn damit verdecken würde. Kaum stand der dritte Detektiv an der Wand, wurde die Tür auch schon aufgestoßen. Das Licht ging an.

Schritte.

Jemand machte sich am Schreibtisch zu schaffen. Plötzlich wurde die Tür zurückgerissen.

Ein schriller Schrei.

Bob erstarrte.

Das hatte er nicht erwartet: Es war Kelly.

»Du?«, stotterte sie, mindestens so überrascht wie Bob. »Was hast du hier zu suchen?«

»Und du?«, fragte Bob zurück. »Warst du das etwa, die mir eben im Dunkeln einen Stoß versetzt hat?«

Kelly sah ihn an, als würde Bob rückwärts sprechen. »Spinnst du? Erzähl mir sofort, was du hier tust!«, sagte sie scharf. Offenbar war Kelly wirklich gerade eben erst gekommen.

Bob entschied sich für die Wahrheit. »Ich hatte ein seltsames Geräusch gehört und dachte, ich schau besser mal nach.«

»Denkst du nicht, dass es *unsere* Aufgabe ist, nach dem Rechten zu sehen?«

»Ja. Es tut mir leid. Ich war neugierig. Jemand muss in das Büro eingedrungen sein. Er hat mich überwältigt und ist abgehauen.«

»Das soll ich dir glauben?«

»Ja«, sagte Bob. »Bitte. Ich weiß auch nicht, wer das war.«

»Erzähl mir jetzt bloß nichts von einem Geist! Ich lebe hier zwar hinter den Bäumen, aber blöd bin ich nicht!«

»Natürlich war das kein Geist, Kelly. Ein Geist kann einem keinen handfesten Stoß versetzen! Und weil ich schon mal hier war, hab ich mich umgesehen. Ich war neugierig, für was sich der Besucher interessiert hat. Auf dem Tisch lag die Mappe mit dem Zeitungsartikel über den Tod von Walt Duffy.«

Kelly sah ihn an. »Das kann Zufall sein«, sagte sie dann. »Mein Vater hebt alles Mögliche auf. Er ist der Sicherheitsbeauftragte im Ort. Da sammelt sich einiges an.« Sie blickte Bob fest in die Augen. »Dabei warst du mir so sympathisch!«

»Jetzt nicht mehr?«, fragte Bob.

»Ich weiß nicht.«

»Darf ich die Mappe ausleihen?«

»Nein!« Sie nahm sie vom Tisch und presste sie eng an sich.

»Gehen wir ins Bett«, sagte sie.

Bob nickte und drehte sich um.

»Schade«, sagte Kelly hinter ihm leise.

Langsam stieg der dritte Detektiv die Treppen hinauf. Unten räumte Kelly noch im Büro herum. Als Bob vor seiner Zimmertür stand, hörte er, wie eine Etage über ihm eine Tür zuklappte. Wie Bob wusste, lagen oben Gästezimmer. Der Eindringling konnte also einer der beiden Männer aus dem Speiseraum gewesen sein. Bob tippte auf den Mann, der sie am Tisch angesprochen hatte. Schließlich hatte er sich für das Lawinenunglück interessiert. Vielleicht war er es aber auch nicht. Nicht immer war das Naheliegende auch zutreffend. Das hatten die drei ??? schon oft genug erfahren müssen.

Bob drückte gerade die Türklinke herunter, als er ein zweites Türschlagen vernahm. Er wartete und lauschte. Jetzt hörte er Kelly in ihr Zimmer gehen, das im hinteren Teil des Erdgeschosses liegen musste. »Dad? Was machst du denn hier?«, schnappte er auf. Kopfschüttelnd ging Bob in sein Zimmer. Mr Patwin war also auch noch auf.

Peter und Justus schliefen tief und fest. Leise legte sich Bob ins Bett. Er ahnte, dass er am nächsten Morgen denken würde, er hätte alles nur geträumt.

»Gib zu, das hast du doch nur geträumt«, sagte Peter. Er stand am Fenster und starrte hinaus. Es hatte aufgehört zu schneien. Der Tag war grau verhangen und der Lift zog still Anker um Anker den Berg hoch.

»Nein, das war kein Traum!«, sagte Bob.
»Und warum hast du uns nicht geweckt?«, wollte Justus wissen.
»Weil ich ein netter Kerl bin und euch schlafen lassen wollte. Wer konnte denn ahnen, dass ich so plötzlich angegriffen würde?«
»Das ...«, sagte Peter und drehte sich zu Bob um, »... hätte ich dir prophezeien können. Wie du weißt, passieren mir andauernd solche Dinge! Sei froh, dass du nicht eingesperrt wurdest oder mit dem Kopf gegen die Tischkante geschlagen bist!« Es sah Justus eindringlich an. »Da werden wir im Nachhinein aber kein Licht mehr ins Dunkel bringen können. Unsere Skitour wartet!«
Justus nickte ergeben.
Aber vor der Tour lockte erst einmal das Frühstück. Als sie den Speiseraum betraten, räumte Kelly gerade gebrauchtes Geschirr von den Tischen. »Guten Morgen!«, sagte sie fröhlich. »Die anderen Gäste sind schon unterwegs. Gut geschlafen?«
»Ging so«, sagte Bob.
»Weißt du eigentlich mehr über die beiden Männer, die hier zu Gast sind?«, wollte Justus wissen und setzte sich an den einen noch eingedeckten Tisch.
»Ihr scheint mir sehr neugierig zu sein«, sagte Kelly ausweichend.
»Das wird uns in der Tat nachgesagt«, antwortete Justus.
»Zwei Touristen«, sagte Kelly. »Der eine ist Skitourengeher, der andere Naturforscher.«
Kelly sah auf, da Mr Patwin den Raum betrat. »Es hat eine Menge geschneit heute Nacht«, sagte er und deutete in Rich-

tung Fenster. »Umso mehr gilt für euch meine Warnung, nicht vom Weg abzukommen!«

»Geht klar«, antwortete Peter.

»Aber nun frühstückt erst mal ordentlich! Die Proviantpakete hat Kelly nach euren Wünschen bereits vorbereitet. Mehr Essen steht in den Hütten bereit. Was ihr nicht braucht, könnt ihr solange auf eurem Zimmer lassen. Neue Gäste haben sich nicht angemeldet.«

»Geht halt ziemlich die Post ab in Clearwater Springs«, murmelte Kelly deutlich hörbar. Mit einem ironischen Lächeln servierte sie das Frühstück.

Die drei ??? ließen es sich schmecken.

Eine Stunde später schleppten die Detektive ihre Rucksäcke und die Skiausrüstung zum Lift. Die Wolken hatten sich etwas verzogen, die Gipfel der Berge lagen aber nach wie vor in grauem Dunst. Mr Patwin begleitete die Jungen, denn heute hatte er auch noch stellvertretend den Job des Liftpersonals übernommen. Normalerweise bediente ein gewisser Jim Bennet die Anlage. Doch der war, wie der Hotelbesitzer weiter erklärte, gerade mit dem Pistenbully unterwegs, um nach dem vielen Neuschnee die Abfahrtsstrecke zu präparieren.

»Sind die beiden anderen Männer schon lange weg?«, wollte Justus wissen.

Mr Patwin nickte. »Der eine ist richtig früh los, dem guten Herrn Naturforscher musste ich erst noch schnell eine Skiausrüstung ausleihen. So ganz schien mir der nicht vom Fach zu sein. So, da wären wir.« Patwin deutete auf das Lifthäuschen, das am Ende der Piste lag. »Passt auf, dass ihr euch nicht mit den Rucksäcken in den Ankern verhakt!«

Die drei ??? stiegen auf die Skier und zogen ihre Rucksäcke auf. Eine schier endlose Kette von leeren Ankern schwebte den Hang hinan, bis diese sich weit oben in den Wolken aufzulösen schienen.
Justus wandte den Blick ab und griff sich beherzt den nächsten Anker, der herangerauscht kam. »Dann auf Wiedersehen, Mr Patwin!«
»Eine gute Tour wünsche ich euch!«
Nur wenig später klinkten sich Bob und Peter ein und nickten dem Hotelbesitzer zum Abschied zu. Schnell hatten die beiden ihre Position gefunden und ließen sich den Berg hinaufziehen. Peter sog die Luft ein und genoss die Fahrt. Der Schnee knarzte unter den Skiern. Links und rechts säumten schneebedeckte Bäume ihren Weg. Je höher sie kamen, desto mehr hatte der Zweite Detektiv das Gefühl, als würde er in stille Watte eintauchen und alles andere hinter sich lassen.
Doch das ging offenbar nur ihm so. »Ich bekomme dieses seltsame Dorf nicht aus dem Kopf«, sagte Bob unvermittelt. »Ein Lawinenunglück, ein Toter, Gespenster, nächtliche Besucher am Grab … Dann diese Geschichte heute Nacht.«
Peter stöhnte auf und sah zu Justus, der zwei Anker vor ihnen durch den Schnee glitt. Ihm war klar, dass es im Ersten Detektiv ähnlich arbeitete wie in Bob.
Nach einer Viertelstunde war die Liftfahrt zu Ende. Ein Schild auf einem kleinen Hügel wies auf den Ausstieg hin. Justus ließ den Anker nach oben in die Halterung sausen und glitt ein paar Meter weit abwärts. Um ihn herum war nichts als weiße Bergwelt.
Vor sich entdeckte er Spuren der anderen Skifahrer. Der Erste

Detektiv starrte in den Schnee und stutzte. Kein Zweifel: Es waren drei und nicht wie vermutet zwei Personen, die hier auf Skiern gefahren sein mussten!

Inzwischen waren auch Peter und Bob oben angekommen und hatten zu ihm aufgeschlossen. Justus erzählte ihnen von seiner Beobachtung.

»Vielleicht hat sich der Liftbetreiber heute Morgen eine Abfahrt gegönnt«, sagte Peter und wies nach vorne. »Dort hinten kommt die Stelle, von der Mr Patwin gesprochen hat: rechts der Weg zum weißen Grab, halb links der Zugang auf unsere Tour und links runter auf die Skipiste.«

Justus nickte. Sie folgten den Spuren und erreichten kurz darauf die Weggabelung. Ein Schild wies Richtung Talabfahrt, ein weiteres in Richtung Four-Hills-Tour. Den Anfang ihrer mit roten Stöcken abgesteckten Wegstrecke konnte man wunderbar einsehen. Die Wolken gaben sogar den ersten Berggipfel frei.

Rechts davon markierten ebenfalls rote Stöcke den Weg den Hang hinauf bis oben zum Grat. Eine Tafel mit Totenkopf und dem Wort *Lawinengebiet* warnte vor der Gefahr, die hinter der Anhöhe lauerte.

Justus deutete auf den Boden: Zwei der Spuren ihrer Vorgänger führten mitnichten auf die Tour und auch nicht zur Talabfahrt – sie zogen sich hinauf in das verbotene Gebiet! Und die dritte Spur war plötzlich ganz verschwunden!

Gestürzt!

»Die Männer sind zum Weißen Grab gefahren!«, rief Peter. Justus sah seinen Freund an und las in ihm wie in einem Buch. Peter machte sich weniger Sorgen um die beiden anderen Gäste als vielmehr darum, dass jetzt das Jagdfieber in Justus erwacht war … Der Erste Detektiv bemühte sich, äußerlich ruhig zu bleiben. Er zeigte in den Schnee. »Und die dritte Spur fehlt! Es muss daran liegen, dass heute Morgen die Pistenraupe die Spur zerstört hat. Die nehmen es wohl sehr ernst mit der Präparierung.«

»Für wen tun die das eigentlich?«, fragte Bob.

Justus ließ die Frage unbeantwortet und schob sich auf seinen Skiern ein paar Meter vorwärts. »Die dritte Spur muss also zeitlich vor der Arbeit des Pistenfahrzeugs entstanden sein und wurde von ihm dann unkenntlich gemacht.« Er drehte sich zu seinen Freunden um. »Kommt! Wir sehen mal nach.«

»Da geht es aber zum Bergkamm hinauf!«, rief Peter.

»Natürlich.« Unbeeindruckt fuhr Justus weiter. »Hier hat die Raupe gedreht«, sagte er nach einer Weile. »Und direkt dahinter taucht die dritte Spur wieder auf. Auch sie führt rüber zum Weißen Grab.«

»Schön, dass wir das nun wissen«, sagte Peter. »Aber lasst uns jetzt bitte mit unserer Tour beginnen!«

»Mr Patwin hat berichtet, dass man vom Bergkamm aus gut in die Senke mit der Hütte sehen kann«, sagte Justus. »Diesen Blick können wir uns doch gönnen!« Er zog die Steigfelle auf die Ski und begann mit dem Anstieg.

Bob tat es ihm gleich. Schritt für Schritt folgte er Justus.

Wohl oder übel machte auch Peter seine Skier bereit, stieß seine Stöcke in den Schnee und schob sich vorwärts. »Wusste gar nicht, dass du so schnell bergauf steigen kannst, Just«, murmelte er.

Der Weg führte ein paar hundert Meter weit den unbewaldeten Hang hinauf. Justus war vorne, dann folgte Peter, der Bob schnell überholt hatte. Nach einigen Minuten erreichten sie den Bergrücken, an dem der Weg den Kamm überwand, um auf der anderen Seite in vielen Serpentinen in die Senke zu führen.

Der Wind pfiff über den Schnee und zwischen den Wolken war jetzt die Sonne gänzlich durchgebrochen. Atemlos vom Anstieg blieb Justus stehen und besah sich die eindrucksvolle Szenerie.

Linker Hand dominierte ein felsiger Gipfel das Bild, zwischen dessen beiden Ausläufern der kleine Eisgletscher lag. Seitlich davon glitzerte eine Schneefläche in der Sonne. Sie war riesig. Sofort erkannte Justus, dass in dieser Geländeeigenschaft die Gefahr lag, vor der der Hotelbesitzer gewarnt hatte. Wenn sich von dort die Schneemassen in Bewegung setzten, würde ihr Gewicht sie nach unten ziehen, sie würden weiteren Schnee mit sich reißen, wahrscheinlich auch Geröll, und dann mit aller Gewalt hinunter in die Senke brechen – in der sich, ein ganzes Stück unterhalb von Justus, auf einem kleinen Hügel im flirrenden Weiß, der schwarze Rand der Holzdachtraufe einer Hütte abzeichnete.

Peter war neben Justus getreten und blickte ebenfalls auf die imposante Winterlandschaft.

Dann schloss auch Bob auf. »Wow!«, sagte er. »Aber wo sind unsere drei ›Tourenfahrer‹?«
»Leider kann man nicht das ganze Gelände einsehen«, sagte Justus, »und der Windzug über den Bergkamm hat die Spuren verweht.« Er setzte die Sonnenbrille auf und starrte in die Senke.
Plötzlich stupste Bob Peter in die Seite, so fest, dass der fast das Gleichgewicht verloren hätte. »Da unten! Da fährt jemand!«
Gut hundert Höhenmeter unterhalb von ihnen war tatsächlich ein Skifahrer in den Hang gefahren.
»Der rutscht ja herum wie ein Anfänger!«, sagte Peter fassungslos. »Wie kann sich so jemand in einen Tiefschnee-Steilhang wagen?«
Kaum hatte er es gesagt, hebelte es den Mann aus. Er hob ab, flog durch die Luft. Ein Ski, der sich gelöst hatte, wirbelte wie ein Propeller neben ihm her, dann landete der Mann einige Meter tiefer auf dem Rücken. Er verlor seinen Rucksack und auch der andere Ski sprang ab. Mit zunehmender Geschwindigkeit rutschten Mann und Material abwärts.
»Der knallt gegen den Felsen!«, rief Bob entsetzt und hielt den Atem an.
Tatsächlich glitt der Mann rasend schnell auf einen Geröllbrocken zu. Peter wollte den Blick abwenden. Doch eine Bodenrinne rettete den Skifahrer und ließ ihn haarscharf an dem Felsen vorbeirauschen. Mehrere Meter weiter abwärts blieb der Mann schließlich in einer Kuhle liegen. Er bewegte sich nicht.
»Wir müssen ihm helfen!«, rief Justus. »Peter, du hast den Erste-Hilfe-Kurs gemacht!«

»Ja, schon!« Der Zweite Detektiv war hin- und hergerissen. »Und das Weiße Grab? Da unten sind wir mitten im Lawinengebiet! Ruf besser in Clearwater an!«
»Das Handy funktioniert hier nicht!«, rief Justus. »Und außerdem liegt der Mann noch oberhalb der Senke. Nun macht schon! Peter, du bist der Beste auf den Skiern, fahr du voran!«
Peter sah zu dem Mann, der weiterhin bewegungslos dalag. Dann löste er die Steigfelle von den Skiern und glitt los.
Der Zweite Detektiv war ein guter Skifahrer. Hänge abseits der Pisten stellten für ihn kein größeres Problem dar. Er wusste aber, dass er dennoch extrem aufpassen musste. Wenn auch er verunglückte, würde das niemandem helfen.
Auf möglichst geschicktem Weg glitt und sprang Peter zwischen den Geröllbrocken hindurch. Bob folgte ihm zügig, Justus, der die meisten Probleme mit der Abfahrt an dem Hang hatte, kam deutlich langsamer hinterher.
Als Peter den Mann erreichte, hatte sich dieser aufgesetzt. Sein Helm war verrutscht. Mit der Hand hielt er sich ein Knie.
Erleichtert atmete Peter aus. »Wie geht es Ihnen? Das sah richtig schlimm aus!«
Es war einer der beiden Gäste aus dem Hotel. Der Mann mit dem Bart. Er sah Peter aus glasigen Augen an. »Ich fühle mich, als ob ich aus einer Waschmaschine komme. Durchgerüttelt bis in die letzte Faser. Ging mir schon mal besser!«
»Was gebrochen?«
»Weiß nicht. Aber ich scheine mächtig Glück gehabt zu haben.«
»Das kann man wohl sagen!« Peter verkniff sich eine Bemerkung über die Unvorsichtigkeit des Mannes.

Der Verunglückte bewegte die Beine. »Sieht ganz gut aus«, murmelte er. »Wo sind meine Skier?«
»Der eine liegt ein Stück weiter oben«, sagte Peter, »der zweite da unten. Und Ihr Rucksack klemmt dahinten zwischen zwei Felsen. Wenn Sie keine anderen Probleme haben, bin ich, ehrlich gesagt, sehr froh!«
Der Mann versuchte aufzustehen. Er schwankte zwar etwas, aber es gelang ihm.
Bob traf ein. »Alles okay?«
»Ja, danke«, sagte der Mann. Er atmete schwer. Immer wieder fuhr seine Hand fahrig durch den langen Bart. Dann schien ein Ruck durch ihn zu gehen. »Ich komme jetzt allein zurecht. Ihr könnt weiterfahren!«
»Wie bitte?«
»Alles okay. Verschwindet!«
Peter fehlten die Worte.
Der Mann tat einen Schritt und knickte ein.
»Wohl doch etwas verstaucht?«, sagte Bob nicht ohne Unterton.
»Das geht schon«, sagte der Mann und entdeckte Justus. »Der Dritte von euch ist ja auch noch hier!«
Justus tat einen letzten Schwung und bremste bei ihnen ab. »Sind Sie unversehrt? Bin ich froh. Das sah ja furchtbar aus!«
»War es aber nicht. Danke für die Hilfe. Aber nun könnt ihr gehen!«
»Sie befinden sich im Lawinengebiet«, sagte Bob, »hat Ihnen das Mr Patwin nicht erzählt?«
»Wenn ich einen Nachhilfelehrer suche, dann gebe ich Bescheid!«, sagte der Mann. »Ich weiß schon, was ich tue.«

Jetzt reichte es Peter. »Von mir aus brechen Sie sich doch alle Knochen!«
Der Mann wollte sich auf den Weg zu seinem Rucksack machen, knickte aber erneut ein. »Na ja«, sagte er und wurde etwas freundlicher, »vielleicht habt ihr recht. Ich sollte hier nicht in der freien Landschaft herumstehen. Und den Berg komme ich in meinem Zustand bestimmt nicht mehr rauf. Vielleicht helft ihr mir noch bis zur Hütte. Da kann ich mich ein wenig ausruhen und dann weiterziehen.«
»Ist Ihnen hier noch eine andere Person begegnet?«, fragte Justus und sah sich um.
Der Mann zögerte kurz. »Nein. Wieso?«
»Ich dachte nur. Wie heißen Sie eigentlich?«
»Trevor Thompson.«
»Sie sind Naturforscher?«
»Hat euch das diese Hotel-Bedienung gesagt?«
»Also ja?«
»Ja.«
»Was erforschen Sie denn?«
»Tiere. Geologie.«
Justus nickte. »Na, dann bringen wir Sie mal zur Hütte.«
»Und wer seid ihr?«
»Das sind Peter Shaw und Bob Andrews, und mein Name ist Justus Jonas. Schüler aus Rocky Beach.«
»In den Ferien?«
»Ja, in den Ferien.«
Thompson nickte. Peter sammelte die Skier ein, Bob holte den Rucksack, während Justus Mr Thompson unterhakte, um ihn beim Gehen abzustützen.

Bis zur Hütte waren es nur noch ein paar hundert Meter. Doch durch das Gepäck und die Verletzung von Mr Thompson wurden es in dem tiefen Schnee anstrengende langsame Schritte. Ab und zu blickte Peter hinauf zu der Schneefläche. Hoffentlich würde sie halten. Dass die Sonne weiter so intensiv schien, war jedenfalls keine günstige Voraussetzung. Aber in der Hütte war man laut Mr Patwin ja einigermaßen sicher.
Doch es gab auch einen zweiten Grund, die Augen offen zu halten. Es musste sich noch jemand hier aufhalten. Wahrscheinlich sogar zwei weitere Personen. Irgendwo.
Beobachteten sie sie?
Seltsamerweise blickte sich auch Mr Thompson immer wieder um, so als suche er jemanden. Oder sah er nur nach den Lawinen?
»Gleich haben wir es geschafft, Mr Thompson«, sagte der Erste Detektiv.
Schritt für Schritt näherten sie sich der Unterkunft. Man sah lediglich ihre Front. Sie war aus Holz. Die geschlossenen schwarzen Fensterläden starrten sie an wie dunkle Augen. Die Tür war nur angelehnt. Über dem Haus lag wie ein lang nach hinten gestrecktes weißes Dach eine Schneefläche, die sich rechts und links über die Hausbreite hinaus noch ein wenig weiterzog. Darunter befand sich vermutlich der angehäufte Erdhügel, von dem Mr Patwin erzählt hatte.
Vor dem Haus stand eine einfache Holzbank. Ein längs durchgesägter Baumstamm auf vier Stelzen.
Schwer atmend ließ sich Mr Thompson darauffallen. »Da sind wir endlich«, sagte er. »Danke, Jungs. Ich komme dann allein zurecht. Bringt euch lieber wieder in Sicherheit.«

»Das hat noch einen Moment Zeit«, sagte Bob, schritt ein paar Meter seitwärts und sah sich in der Landschaft um. Gerade als er dachte, er hätte in der Ferne einen schwarzen, sich bewegenden Punkt ausgemacht, hörten sie aus dem Inneren der Hütte ein knarrendes Geräusch.

Geistermesser

»Was war das?«, fragte Peter, der Mr Thompsons Skier abstellte. »Sind wir nicht alleine?«

»Bestimmt ist nur etwas Schnee abgerutscht«, sagte Thompson. »Nun lauft schon. Ihr habt ja noch viel vor heute!«

Justus hörte nicht auf ihn, ging zur Tür und drückte sie weiter auf. »Hallo? Ist da wer?« Kühle, etwas abgestandene Luft drang ihm entgegen.

»Lasst uns doch draußen bleiben«, rief Thompson, aber Justus war schon im Inneren verschwunden.

Er hatte einen düsteren Raum betreten, vielleicht acht mal fünf Meter groß, in dessen Mittelpunkt ein schwerer Holztisch mit sechs Stühlen stand. Durch die halb offene Tür fiel zwar wenig Licht, doch das reichte aus, um alles zu erkennen. An der Wand stand ein Regal mit Geschirr, einer kleinen Steinsammlung und ein paar Büchern. Daneben befand sich eine schmale Tür, ebenso wie gegenüber am anderen Kopfende des Raums. Neben einem Kamin lag etwas Brennholz. Justus' Blick fiel auf ein buntes Gemälde, das offenbar die Hütte im Sommer zeigte. Vor ihr, neben einem pyramidenförmigen Steinhaufen, saß ein Mann und spielte im abendlichen Sonnenlicht Gitarre.

»Hallo?«, rief der Erste Detektiv noch einmal.

Trotz allem Hausrat sah die Hütte unbewohnt aus. Da fiel Justus' Blick auf einen der Stühle und er trat näher. Zum größten Teil von dessen Rückenlehne verdeckt stand darauf ein Rucksack. Justus sah hinein. Er enthielt vor allem Plastikboxen, in

denen man gewöhnlich Essen transportierte. Doch ganz oben auf lag ein seltsames Messgerät.
»Hallo, ich weiß doch, dass jemand da ist!«
Etwas kratzte an der Wand. Justus ortete, dass die Quelle des Geräusches hinter der Tür neben dem Regal sein musste.
Dann knarrte es. Langsam wurde die Tür geöffnet.
Unwillkürlich wich Justus einen Schritt zurück.
Eine Person trat herein. Es war eine Frau. Um die vierzig, lange lockige Haare fielen ihr auf die Schultern. Sie trug Skihosen und einen dicken Pullover, Jacke und Skischuhe musste sie irgendwo abgelegt haben.
»Sie?«, stieß Justus überrascht aus. Er kannte die Person. Die Frau mit dem Hund im Pick-up, die ihnen auf der Herfahrt kurz vor Clearwater Springs begegnet war. »Sie sind Laurenne«, sagte Justus. »Die Schwester des toten Walt Duffy.«
Die Frau nickte. »Woher kennst du meinen Namen?«
»Mr Patwin hat ihn erwähnt. Der Hotelbesitzer. Was tun Sie hier?«
»Dasselbe könnte ich dich fragen«, sagte die Frau. »Hat euch Mr Patwin nicht vor diesem Ort gewarnt?«
»Aber ja.« Peter und Bob traten nun ebenfalls ein. Sie ließen die Tür offen stehen, sodass Justus jetzt alles genauer erkennen konnte. Irgendetwas an Laurennes Gesicht kam ihm bekannt vor. »Natürlich hat Mr Patwin das Weiße Grab erwähnt. Aber wir wurden Zeuge eines Skiunfalls. Da entschieden wir, in diese Senke abzufahren, um zu helfen. Es hat Mr Thompson erwischt, einen Gast des Hotels, aber zum Glück nicht so schlimm, wie es zunächst schien.« Justus drehte sich zur Seite, denn nach Peter und Bob betrat auch Thompson die Hütte.

»Wie...wieso ist diese Frau da?«, stotterte er, als er Laurenne entdeckte.
»Ich wüsste nicht, was Sie das angeht«, entgegnete Laurenne. »Haben Sie oben nicht den Warnhinweis gesehen?«
»Wenn ich mich von jedem Warnhinweis von meinen Plänen abhalten lassen würde, wäre ich im Leben nicht weit gekommen«, sagte er frech.
»Ich würde eher sagen, dass Sie einfach nur verdammt viel Glück gehabt haben!«, sagte Peter mit Blick auf Thompsons verstauchtes Bein. »Aber warum haben Sie sich überhaupt hier heruntergewagt?«
»Ich beobachte seltene Vögel«, brummte Thompson.
»Und die vermuten Sie *hier*? Um diese Jahreszeit?«, wollte Justus wissen.
»In den Zoo gehen kann jeder!«
»Aber da ist es weniger gefährlich«, sagte Laurenne und holte Luft. »Ihr alle – hört ihr? – ihr alle verschwindet bitte sofort aus diesem Gebiet!«
»Aber Sie sind doch auch da«, sagte Thompson ruhig.
»Ich bin Einheimische und kenne mich besser aus!«
»Und davor haben die Lawinen dann Respekt? Was treiben Sie hier eigentlich? Das haben Sie mir nicht beantwortet!«
»Und darauf können Sie auch noch lange warten, Mister!«
Justus sah Thompson nachdenklich an und wandte sich dann an die Frau. »Laurenne«, sagte er, »darf ich vielleicht eine Idee dazu äußern, warum Sie hier sind?«
»Wie ... Idee?«
Justus lächelte. »Sie haben sich in diese Senke gewagt, weil Sie in dieser Hütte einen Geist aufspüren möchten!«

Alle blickten Justus verblüfft an.
Alle, außer Laurenne. »Woher weißt du das?«, fragte sie scharf.
Justus zeigte auf den Rucksack. »Das ist doch Ihr Gepäck. Darin befindet sich dieser seltsame Gegenstand.« Justus nahm das elektronische Gerät heraus und hielt es in die Höhe. »Es handelt sich um einen Gauss-Master-Messer. Damit möchten Sie elektromagnetische Felder messen, die von einem Geist ausgehen. Angeblich zumindest.«
»Nicht nur angeblich! Sondern tatsächlich!«
»Darüber lässt sich trefflich streiten«, sagte Justus. »Und ich habe auch eine Ahnung, um wessen Geist es sich handelt. Es geht Ihnen um den verstorbenen Walt Duffy, Ihren Bruder!«
»Junge, Junge«, sagte Thompson, »vor dir muss man sich ja richtig in Acht nehmen!«
»Wenn Sie etwas zu verbergen haben, Mr Thompson, würde ich Ihnen unumwunden zustimmen. Haben Sie das, Sir?«
»Nun werd nicht frech!«
»Wir sind nämlich ...«, begann Peter.
»... nicht auf den Mund gefallen«, vollendete Justus schnell und zwinkerte Peter unauffällig zu.
Der Zweite Detektiv verstand. Aus irgendeinem Grund wollte Justus geheim halten, dass sie Detektive waren.
Thompson zog einen Stuhl zu sich heran und nahm Platz. Offenbar hatte er nichts bemerkt. »Wenn ihr mir eben nicht geholfen hättet, würde ich sagen, ihr seid echte Nervensägen«, sagte er und streckte sein verstauchtes Bein aus. »Lady, ich bleibe hier, bis es mir besser geht! Jungs, wo ihr schon mal da seid, könnt ihr mir vielleicht mein Zeug reinholen?«

»Ach nee!«, sagte Peter.
»Bitte!«
Justus und Bob setzten sich in Bewegung und brachten auch ihr eigenes Gepäck nach drinnen.
Mit einem Blick auf das Geschirr im Regal sagte Bob daraufhin: »Ich könnte einen heißen Tee vertragen!«
Laurenne rollte mit den Augen. »Aber danach verschwindet ihr! Und zwar alle. Sonst kann ich meine Geisterjagd vergessen!«
Bob entdeckte einen funktionierenden Gaskocher. Er packte eine Wasserflasche aus dem Rucksack und goss einen alten Blechtopf voll, den er neben einer Pappschachtel mit rostigen Nägeln im Regal gefunden hatte.
Trevor Thompson sah ihm schweigend zu.
Justus sah Peter vielsagend an. »Ich schau mal draußen nach den Skiern«, sagte er. »Nicht, dass sich noch einer selbstständig macht. Peter, hilfst du mir, sie ans Haus zu stellen?«
»Äh, ja, klar!«
Bevor jemand reagieren konnte, gingen die beiden vor die Tür. Die Skier lagen verstreut vor dem Hütteneingang. Justus schnappte sich ein Paar und stellte es geräuschvoll in einen Verschlag, der wohl extra dafür vorgesehen war.
»Wieso hast du plötzlich die Aufräumeritis?«, fragte Peter.
»Weil ich mich mit dir unterhalten möchte«, sagte Justus und drückte seinem Freund einen weiteren Ski in die Hand. »Was hältst du von der Sache, Zweiter?«
»Es waren drei Spuren im Schnee. Es muss immer noch eine Person in der Gegend sein!«, flüsterte Peter und sagte laut: »Die beiden Skier dahinten noch, Justus?«

»Ja, und ich hole die da drüben!«, brüllte Justus und raunte: »Der andere Gast. Dieser etwas elegantere Typ. Was wollen die alle hier?«

»Vielleicht hat es was mit der Hütte zu tun.«

»Darüber denke ich die ganze Zeit nach. Meinst du, der Unfall von Thompson war nur vorgetäuscht?«

»Nein, ich glaube, den hat es echt erwischt! Das kann man nicht spielen. Der kann einfach nicht richtig Ski fahren. Aber warum begibt er sich in solch eine Situation?«

»Ob er wirklich ein Ornithologe ist, wie er behauptet, werde ich jedenfalls noch herausbekommen«, sagte Justus und knallte das letzte Paar Ski in den Abstellplatz. »Ich schlage vor, wir bleiben noch eine Zeit lang hier und schnüffeln ein wenig herum!«

»Aber wir sind im Weißen Grab!«, zischte Peter heftig.

»Ich weiß, ich weiß. Doch wir sollten die Dinge ein wenig klären. Wenn sich Laurenne hier herausgewagt hat, ist die Schneelage vermutlich nicht so gefährlich! Sie ist Einheimische und kennt sich gut aus mit der Lage in den Bergen.«

»So gut wie ihr Bruder?«, fragte Peter herausfordernd. »Vorhin haben wir falsch reagiert, Justus! Nur zwei von uns hätten dem Mann Hilfe leisten sollen. Der Dritte wäre am besten sofort nach Clearwater Springs zurückgefahren.« Er hielt inne. Sie hörten ein seltsames Geräusch, ein dumpfes, tiefes Wummern. Es kam vom Gelände hinter dem Haus und schien plötzlich überall zu sein. Der Boden zitterte. In der Hütte schrie jemand. In der Ferne erklang ein Donnern. Erschrocken schritt Peter neben das Haus, um zu sehen, was passiert war. Sein Herz blieb fast stehen.

Dort, wo die glitzernde Schneefläche gewesen war, war jetzt nichts als weißer Staub. Wie ein brodelnder Lavastrom quoll die Lawine unter ihm hervor. Sie schoss näher und näher. Direkt auf sie zu.

Ein Stück vor ihrer Spitze – wo sie wie ein gewaltiger Tsunami alles mitriss und unter sich begrub – raste ein Mann auf Skiern den Hang hinunter. Sein Vorsprung schmolz von Moment zu Moment.

Das Weiße Grab

»Ins Haus!« Peter wetzte los. »Zurück ins Haus, schnell!« Doch Justus bewegte sich nicht. Peter rannte auf ihn zu und packte ihn am Arm. Der Erste Detektiv zitterte am ganzen Leib. »Los!«, brüllte Peter. »Die Lawine! Komm!«
Das schien Justus aus seiner Erstarrung zu wecken. Peter zerrte seinen Freund ins Innere. Das Rauschen und Krachen wurde lauter und lauter. Als Peter Justus durch die Tür drückte, schwang sich in voller Fahrt der andere Skifahrer vor die Hütte, wirbelte beim Bremsen eine riesige Schneewolke auf und hastete ohne Umschweife auf Skiern hinter ihnen ins Innere.
Geistesgegenwärtig stieß Peter die Tür zu. Gerade noch rechtzeitig. Draußen brach ein ohrenbetäubender Lärm los.
Laurenne hatte sich unter den Tisch gekauert. Thompson verharrte auf seinem Stuhl und starrte mit angstgeweiteten Augen auf die Tür. Bob lief zu Justus, der gestolpert und auf den Boden gefallen war. Peter betete, dass die Decke die Schneemassen aushalten würde.
Überall knarrte und ächzte das Holz. Ein Dachbalken riss. Einer der Fensterläden wurde ein Stück zu ihnen hereingedrückt und hebelte dabei das Fenster aus, das an einem Haken hängen blieb. Durch den Spalt brach Schnee herein und versiegte. Dann wurde draußen auf einmal alles ruhig. Nur die Dachkonstruktion knackte. Aber sie hielt. Noch. Alles war wie gedämpft. Die Welt schien weit entfernt.
Peter starrte Bob an, der fassungslos zu ihm zurückblickte. Jetzt waren sie wahrhaftig im Weißen Grab!

Der Mann mit dem Bart stieß einen entsetzlichen Fluch aus. Als ob das etwas nutzen würde, hatte er schützend die Arme über den Kopf verschränkt.
»Ich habe es euch doch gesagt!«, schrie Peter unvermittelt los. Jetzt ergriff das Erlebte Besitz von ihm. »Ich habe es euch doch gesagt! Ich habe es euch doch gesagt!«
Er hörte nicht auf, den Satz zu wiederholen, bis Laurenne rief: »Kannst du nicht mal die Klappe halten?« Immer noch kauerte sie unter dem Tisch und starrte in den düsteren Raum.
Peter schüttelte sich, als hätte er Fieber, aber er schwieg.
»Immerhin sind wir am Leben«, sagte Bob, der immer noch bei Justus kniete.
Justus stöhnte.
»Alles in Ordnung?«, fragte Bob.
Der Erste Detektiv regte sich. »Ich bin okay«, sagte er matt.
Bob sah ihn mitfühlend an. Er wusste, dass Justus es hasste, Schwäche zu zeigen. Aber die Lawine hatte ihm offenbar einen Schock versetzt. Eine Naturgewalt, in dem Augenblick rational nicht erfassbar. »Gleich wird es dir besser gehen. Hauptsache, fürs Erste ist alles gut gegangen.«
Inzwischen hatte sich Peter wieder einigermaßen gesammelt. Er wandte sich an den Mann im weiß bepuderten Skianzug, der heftig atmend im Raum stand. Seine Skier klemmten noch an seinen Füßen. »Das war knapp«, sagte der Zweite Detektiv. Man merkte, wie er sich auf das Sprechen konzentrierte. »Ich dachte schon, die Lawine würde Sie erwischen! Im Wettlauf mit ihr hat man kaum eine Chance.«
Der Mann ließ die Skistöcke fallen und zog den Reißverschluss seiner Jacke auf.

»Sind Sie nicht auch Gast im *Snow Paradise*?«, fragte Bob. Nun zog der Mann umständlich den Helm aus. Ein schmales Gesicht kam zum Vorschein und glatte, schwarze Haare fielen über seine Wangen. »Ja«, hechelte er, immer noch ganz außer Atem, aber er versuchte ein Lächeln. »Bruce Osborne. Wir haben uns im Restaurant gesehen.«

»Wissen Sie, wie das eben passiert ist?«

»Die Lawine? Keine Ahnung …«

»Können wir das nicht später klären?« Laurenne lugte unter dem Tisch hervor. »Junge! Steh nicht so untätig herum. Wie sieht das Dach aus? Hält es?«

Peter ging zu seinem Rucksack, zog eine Taschenlampe aus einem Seitenfach und schaltete sie ein. »Ein Balken ist zerborsten, aber es ist kein Schnee eingedrungen«, sagte er langsam, während er umherging und die Decke ableuchtete. »Hier scheint alles in Ordnung … hier auch. Ich denke, wir sind halbwegs in Sicherheit.«

Laurenne kroch unter dem Tisch hervor. »Es kann immer noch die eine oder andere böse Überraschung auf uns warten. Zum Glück befindet sich der größte Teil des Daches unter einer Erdschicht. Das hat uns wohl gerettet.«

»Glauben Sie, dass wir das Unglück nun überstanden haben?«, fragte Bob.

Laurenne nickte. »Wenn nicht irgendwelche schweren Schneemassen hereinbrechen, dann schon. Fürs Erste. Mr Osborne, bitte ziehen Sie doch endlich Ihre albernen Skier aus!« Sie reichte ihm einen der Skistöcke.

Bruce versuchte, der Aufforderung Folge zu leisten, aber er schaffte es nicht. Plötzlich zitterte er am ganzen Körper. Of-

fenbar begriff er langsam, welcher Gefahr er gerade so entkommen war.
Bob half ihm. Dann schob er ihn auf den Stuhl neben Thompson.
»So eine Dreckslawine!«, sagte dieser und schüttelte den Kopf.
»Sie hätten ja nicht hierherzukommen brauchen!«, fuhr ihn Laurenne an. »Es hat Sie niemand eingeladen! Ich sehe mir das Unheil mal an da draußen.« Sie lief zur Tür und versuchte sie zu öffnen. »Klemmt, das Ding. Junge, kannst du mir mal deine Taschenlampe geben?«
»Ich heiße Peter«, sagte Peter. »Und das sind Bob und Justus.«
»Also, Peter?«
Der Zweite Detektiv trat zu ihr und zog und schob an der Klinke. »Eigentlich geht sie doch nach innen auf«, sagte er. »Die Lawine muss den Türrahmen zusammengedrückt haben. Die Tür bewegt sich keinen Millimeter. Aber da oben ist ein Spalt, da sollte ich drankommen!« Er musste sich auf die Zehenspitzen stellen, dann konnte er seine Hand zwischen der Tür und dem Balken hindurchschieben. Schnell zog er sie zurück.
»Was ist?«, fragte Bob.
»Kalt! Kalt und hart. Das ist wie Beton!« Er leuchtete in die Öffnung. »Wir sind zugeschüttet«, rief er. »Alles voll Schnee!«
»Vielleicht die Fenster«, rief Bob.
»Die Läden öffnen sich nach außen«, sagte Laurenne, die inzwischen eine gasbetriebene Lampe angezündet und an die

Decke gehängt hatte. »Wenn die Schneemassen draußen so fest sind, wird es nicht gehen. Schnee, Eis, Erde: Das kann hart sein wie Stein! Aber wenn wir Glück haben, ist eins der Fenster frei geblieben.«

Bob schob das ausgehebelte Fenster zur Seite und drückte gegen den ersten Laden. Nichts.

Laurenne nahm sich den zweiten vor, mit demselben Ergebnis.

»Wenn auch der dritte Fensterladen festsitzt, sind wir gefangen«, sagte sie ernüchtert. »Offenbar ist der ganze Bereich vor der Hütte meterhoch zugeschüttet worden!«

»Was heißt das?«, fuhr Thompson auf, ließ sich aber gleich darauf wieder schmerzverzerrt in seinen Stuhl fallen, weil sich seine Verstauchung bermerkbar machte. »Kommen wir hier nicht mehr raus?«

Laurenne drehte sich zu ihm um. »Sie haben es erfasst! Auch der letzte Ausgang ist verschlossen. Jetzt können Sie sich vielleicht denken, warum es das Weiße Grab heißt!«

Einen Weile herrschte Totenstille. Die Nachricht legte sich wie Blei auf die Gemüter.

»Sollen wir hier hocken, bis der Frühling kommt?«, rief Thompson plötzlich.

»Nur die Ruhe, Sir!«

»Thompson ist mein Name. Trevor Thompson aus Texas!«

»Mr Thompson. Spätestens, wenn Sie heute Abend nicht im Hotel auftauchen, wird man uns suchen kommen.«

»Ich habe mich drei Tage für die Tour abgemeldet«, sagte Thompson.

»Ich auch«, meldete sich Bruce Osborne zu Wort.

»Tja. Wie wir«, sagte Bob.

»Und warum seid ihr dann alle hier?«, fragte Laurenne.
Justus sah sie an. »Wann wird man *Sie* denn vermissen, Laurenne?«, fragte er.
»Übermorgen. Ich wollte hier zwei Nächte bleiben. Und Walts Geist aufspüren. Ja, ja, ich weiß, ihr glaubt nicht daran. Aber für mich ist es wichtig!«
Justus nickte. »Wer kümmert sich eigentlich um Ihren Hund, solange Sie hier sind?«, fiel ihm ein.
»Snoopy? Der ist bei Joe Patwin im Hotel.« Sie seufzte. »Er könnte uns bestimmt helfen ... Vielleicht gelingt es uns ja, uns vorher zu befreien!«
»Wenn Sie mir einen Schlagbohrer geben, fange ich gleich damit an«, sagte Thompson.
»Bohrer? Hier oben? Einen Teelöffel können Sie bekommen!«, sagte Laurenne. »Aber dann können wir genauso gut auf Hilfe warten! Zwei Tage müssen wir überstehen. Meine Herren: Wenn Sie auf die Four-Hills-Tour gehen wollten, dürften wir ja genug Essensvorräte haben.« Sie deutete auf die Gepäckstücke. »Und Schlafsäcke haben auch alle dabei? Wird nämlich ziemlich kalt in der Nacht!«
»Dann machen wir eben Feuer«, sagte Thompson und stand vorsichtig auf. »Da ist ein Kamin. Und Holz ist auch genug vorhanden!«
»Spinnen Sie?« Es war Bruce Osborne, der jetzt die Aufmerksamkeit auf sich zog. »Was passiert, wenn irgendwas anfängt zu brennen? Wir haben keinen Ausgang! Und der Rauch? Brandrauch kann tödlich sein, wenn er nicht abzieht! Und apropos Luft? Haben wir hier drin überhaupt genug Sauerstoff für zwei Tage, so versiegelt, wie das offenbar ist?«

Alle schwiegen.
Auch Bob. Die ganze Zeit hatte er klar, schnell und umsichtig gehandelt. Doch plötzlich spürte er einen starken Druck auf der Brust, als schlösse sich etwas fest um ihn.

Dicke Luft

»Mr Osborne hat recht«, sagte Laurenne. »Feuer geht gar nicht! Und die Luft könnte tatsächlich knapp werden. Zumindest, wenn die Lawine uns vollkommen eingeschlossen hat. Ich hoffe, niemand von euch hat Platzangst!«
Die drei ??? schüttelten den Kopf, auch Justus, obwohl er damit durchaus ein kleines Problem hatte.
»Ich doch nicht!«, sagte Thompson.
Bruce Osborne zögerte etwas mit der Antwort. »So eine Situation habe ich noch nie erlebt«, sagte er. »Ich war schon in vielen Löchern. Aber Luft gab es da immer!«
Mittlerweile hatte sich Justus wieder komplett im Griff. »Vielleicht funktioniert der Abzug des Holzkamins ja.« Er beugte sich hinein und blickte nach oben. »Wenn ich mich nicht täusche, scheint oben ein schwaches Licht durch.«
»Das reicht nicht«, sagte Osborne. »Um eine Durchlüftung zu bekommen, braucht es zwei Öffnungen! Wohin führt diese Tür?« Der Mann zeigte auf die Wand mit dem Regal.
»Zu den Schlafräumen«, antwortete Laurenne. »Leider liegen sie komplett unter der Erde.«
»Gibt es eigentlich auch eine Toilette?«, fragte Justus.
Laurenne wies an die gegenüberliegende Seite. »Dort. Da ist auch ein Lüftungsrohr!« Die Frau ging zu ihrem Rucksack, nahm eine größere batteriebetriebene Lampe heraus und reichte sie Justus.
Der Erste Detektiv lief zur Toilette und öffnete die Tür. Wie er erwartet hatte, war es ein Plumpsklo mit Grube. Kurz zog er

den Geruch durch die Nase – auszuhalten, im Sommer war es sicher unangenehmer. Ein Fenster gab es nicht. Justus sah zur Decke. Dort verlief eine etwa drei Zentimeter breite Röhre schräg nach oben. Ihre Länge konnte er schwer schätzen, aber das schwache Blaugrau an ihrem Ende ließ immerhin die Hoffnung zu, dass die Öffnung nicht verschüttet war.

Justus kehrte zu den anderen zurück und nickte. »Dann hoffen wir mal das Beste!«

»Und was machen wir jetzt?«, wollte Thompson wissen.

Laurenne deutete auf Osborne. »Jetzt sagt uns dieser Herr, was er hier zu suchen hat. Das hat er nämlich noch nicht verraten!«

Bruce Osborne holte tief Luft. »Ist das denn jetzt wichtig? Wir krepieren hier fast und Sie kommen mit irgendwelchen Formalien?«

»Formalien?«, brauste Trevor Thompson auf. »Das sind keine Formalien! Sie haben hier doch etwas vor!«

»Ich bin vom Weg abgekommen«, sagte Osborne ruhig. »Und Sie, Trevor, haben Sie schon preisgegeben, warum wir Ihre Anwesenheit genießen dürfen?«

»Ich bin Tierforscher.«

»Ach ja?«

»Und Geologe!«

Jetzt fand Justus es an der Zeit, der Sache auf den Grund zu gehen. »Was wollen Sie denn hier beobachten, Mr Thompson? Einen Lagopus? Oder vielleicht einen Asinus?«

»Hahaha!«, rief Thompson. »Ich wusste doch, dass du ein kleiner Streber bist! Wenn schon, dann treffe ich hier auf ein Schneehuhn. Aber unerwarteterweise kann ich nun auch einen richtigen Asinus bewundern: nämlich dich!«

Justus wurde rot. Der Trick war ihm gehörig misslungen.
»Was heißt denn Asinus?«, fragte Laurenne.
»Esel«, sagte Thompson und grinste. »Das heißt Esel!«
»Also gut, Mr Thompson«, sagte Laurenne, »Sie mögen vielleicht ein Biologe sein. Aber dass Sie, Mr Osborne, so einfach vom Weg abgekommen sind, das ist doch sehr unwahrscheinlich.«
»Unwahrscheinlich?« Osborne lachte auf. »Aber an Geister glauben Sie?«
»Natürlich, Sie Ignorant!«
»Also gut!« Bruce Osborne verzog das Gesicht, als hätte er Zahnschmerzen. »Ich bin ... Schreibender. Ein Journalist. Eigentlich wollte ich es nicht preisgeben, weil es sich im Geheimen besser recherchieren lässt. Aber das ist jetzt ja wohl nebensächlich. Ich möchte eine Reportage über diesen Ort hier machen. Und über das Dorf.«
»Deswegen begeben Sie sich in Lebensgefahr?«
»Ich ... ich gebe zu, ich habe die Situation ein wenig unterschätzt. Aber Sie ja wohl auch.«
Laurenne kniff die Augen zusammen und fixierte ihn. »Ich habe eher den Eindruck, dass Sie die Lawine selbst ausgelöst haben! Zwar nicht absichtlich, aber doch durch bodenlose Dummheit.«
»Das ... Es war ... Ich ...« Bruce zuckte mit den Schultern, ließ Luft ab und sah Laurenne an wie ein Schüler, der beim Schummeln erwischt worden war und nun die Waffen streckte.
Laurenne bemerkte es. »Wie ist es passiert, Osborne?«
»Ich ... glaube, ich habe beim Fahren ein kleines Schneebrett losgetreten, das dann die ... Lawine ausgelöst hat.«

Thompson starrte ihn an. »Sie? Sie haben uns in diese Lage gebracht? Oh, ich hätte große Lust, Sie umzubringen!«
»Das hat bestimmt noch Zeit«, sagte Bob schnell. »Setzen Sie sich, Mr Thompson. Ich fürchte, wir werden hier alle gebraucht. Lassen Sie uns lieber die Hütte inspizieren. Vermutlich müssen wir hier mehrere Tage verbringen.«
»Jaja, nehmt mich nicht gleich so ernst.« Er räusperte sich und wandte sich an Laurenne. »Und vor einer Dame würde ich mich doch sowieso nicht danebenbenehmen.«
Sie blickte ihn nur scharf an und wandte sich an die drei ???.
»Also? Ihr wollt die übrigen Räume sehen?«
Peter nickte.
»Aber dass eins klar ist: Ich schlafe allein und ihr in den beiden anderen Zimmern!«
Alle nickten.
»Wie oft wird das Haus eigentlich genutzt?«, wollte Justus wissen.
Laurenne fuhr sich mit der Hand durch die Locken. »Hin und wieder. Vor allem im Sommer. Da übernachten schon ab und zu ein paar Leute hier. Wobei früher viel mehr los war. Zumindest von Zeit zu Zeit.« Sie stand auf und ging zu der Tür, aus der sie vorhin gekommen war. Zusammen mit den drei ??? betrat sie einen quer verlaufenden Gang. »Es gibt ein Zweibett-, ein Vierbett- und ein Dreibettzimmer. Aber erwartet nicht zu viel. Da stehen nur einfache Holzgestelle drin. Alles dreckig und verstaubt. Auch ein wenig feucht im Winter. Aber man kann die Räume sogar abschließen.« Sie blickte die drei ??? an. »Ich habe das Zweibettzimmer belegt. Um das Drei- und Vierbettzimmer könnt ihr euch mit den Typen schlagen.«

»Okay, dann holen wir mal unser Zeug«, sagte Bob. Er drängte sich an den beiden Männern vorbei, die ihnen in den Gang gefolgt waren, schnappte sich zwei Rucksäcke, kam mit ihnen zurück und warf sie in den Raum, der in der Mitte lag. Er roch modrig und es war stockdunkel darin. Bob schaltete die Taschenlampe an. An den Seitenwänden stand je ein Stockbett. Ansonsten schimmelte in dem Zimmer nur noch ein alter Holzhocker vor sich hin.
»Ist ja nur für ein, zwei Nächte«, sagte Laurenne. »Und kostet nichts.«
Gerade als Peter den dritten Rucksack holen wollte, begann zwischen den Männern ein lauter Streit.

Tolle Burschen

Trevor Thompson hatte sich mit Bruce Osborne in die Haare bekommen. Der Punkt war, dass sie auf keinen Fall gemeinsam in einem Raum übernachten wollten.
Laurenne verfolgte die Szene fast ein wenig belustigt. »Zwei Einzelzimmer kann Ihnen dieses Hotel leider nicht bieten!«, sagte sie. »Da werden sich die Herren schon aneinander gewöhnen müssen.«
»Ich kann einfach heute Nacht im Wohnraum bleiben«, schlug Thompson vor, »und Mr Osborne geht in diesen Verschlag!«
»Warum nicht umgekehrt?«, rief Osborne. »In dem Loch bekomme ich sowieso kein Auge zu. Und die Luft bleibt mir da auch weg!«
Augenblicklich verlor sich Laurennes Anflug von Heiterkeit. »Aufteilen? Das könnte Ihnen so passen! Ich möchte heute Nacht in der Hütte einen Geist aufspüren. Glauben Sie etwa, er traut sich hierher, wenn da so ein schnarchender Typ auf dem Boden herumliegt?«
Thompson rümpfte die Nase. »Das Gespenst kann doch zu Ihnen in die Kammer fliegen.«
Laurenne lachte bitter. »Sie haben ja keine Ahnung! Wenn er überhaupt erscheint, dann nur hier. Er braucht Platz, schwebt durch den Raum, und wenn ich Glück habe, empfange ich von ihm eine Botschaft. Geisterjagd ist eine sensible Sache!« Plötzlich dämpfte sie die Stimme. »Wisst ihr, ich muss Walt rufen, ihn locken, zu mir zu kommen ... Walt, erscheine, Walt

erscheine ...«, sie ließ ihre Stimme immer leiser klingen und wiederholte ihre Bitte mal sanft, mal bettelnd, mal verführerisch, mal fordernd, »Walt, komm herbei, mein geliebter Bruder ...«

Peter lief es kalt den Rücken hinunter.

Laurennes Stimme wurde wieder fester. »Das kostet Zeit und Kraft. Versteht ihr? Waaalt ... Waaalt ... hörst du mich? Hier ist Laurenne ... Walt, spürst du deine Laurenne? Komm zu mir, komm ...«

»So ein Quatsch!«, sagte Thompson.

Laurenne zischte: »Mr Thompson! Sie sind hier einfach eingedrungen, so ahnungslos wie ungebeten. Sie werden meine Kontaktaufnahme zu Walt nicht stören – ihr alle nicht!«

»Ist gut, Laurenne«, sagte Osborne, »wir werden schon eine Lösung finden. Aber noch ist ja heller Tag, auch wenn wir hier drinnen davon nichts mitbekommen. Ich schlage vor, wir essen erst mal was auf den Schreck.«

»Das ist eine gute Idee«, sagte Laurenne. »Vielleicht beruhigt das die Gemüter. Aber bitte räumen Sie vorher Ihr Gepäck aus dem Weg.«

Widerwillig trugen die Männer die Rucksäcke in ihre Schlafkammer.

Wie auch die drei ??? wechselten sie von den Skistiefeln in ihre Wanderschuhe, die sie im Gepäck hatten. Dann kamen sie zurück in den Wohnraum, wo Justus inzwischen den Tee probiert hatte.

»Schon fast kalt«, sagte er. »Wir können ihn noch mal aufwärmen. Sollen wir uns nicht zusammensetzen und Sie, Laurenne, erzählen uns ein wenig von dem Haus?«

»Bin ich sehr dafür«, sagte Osborne und zog seine Skijacke aus. »So können wir uns etwas die Zeit vertreiben.«
Auch Thompson nickte. »Zumal es in dieser Herberge leider keinen Fernseher gibt.«
Sie packten ihre Proviantpakete aus, die Kelly alle am Morgen zusammengestellt hatte. Bob verlor sich einen Moment lang in sein inneres Bild, wie sie beim Frühstück aus der Küche gekommen und an ihren Tisch getreten war.
Jeder nahm sich einen Stuhl und Peter schenkte den aufgewärmten Tee ein.
»Also, die Geschichte der Hütte!«, forderte Bruce Osborne Laurenne auf.
Die Frau trank einen Schluck aus ihrem Becher, öffnete zwei ihrer Plastikboxen und nahm sich ein Brot heraus. »Diese Senke hatte schon lange eine große Bedeutung für die Menschen, die hier lebten«, begann sie. »Das Interesse kam wohl nicht zuletzt durch die Schönheit der Umgebung. Ursprünglich war es ein heiliger Ort der Indianer. Im Sommer wurden Rituale und Feste abgehalten und im Winter die Natur angebetet, dass sie nicht ihre Klauen und Zähne zeigt.«
»Zum Beispiel in Form von Lawinen«, sagte Thompson.
»Ja, aber auch mit extrem langen oder heftigen Kälteperioden oder Schneestürmen«, sagte Laurenne. »Dann kamen die Weißen, Goldgräber, die diesen Ort entdeckten und die Heiligtümer der Indianer zerstörten. Das war der Beginn der Geschichte dieser Hütte. Die Goldgräber blieben ein paar Jahre, fanden auch das eine oder andere Nugget, aber dann zogen sie weiter, weil woanders die Aussichten auf Goldvorkommen besser waren. Nur Steven Duffy, von dem auch Walt und ich

abstammen, blieb unten im Tal und baute eine kleine Farm auf.«
»Interessant!«, sagte Justus. »Dann ist das Dorf ganz eng mit der Geschichte dieses Ortes verbunden. Ich nehme an, dass auch Mr Patwins Vorfahren aus der Gegend kommen?«
Laurenne nickte. »Allerdings. Und zwar seit noch viel längerer Zeit. Er stammt von den Indianern ab, die in den Bergen gelebt haben und dann vielerorts vertrieben wurden. Aber zurück zu unserer Hütte. Sie blieb jahrzehntelang verlassen, wurde durch die harten Winter vollkommen zerstört und erst in den zwanziger Jahren des letzten Jahrhunderts wieder aufgebaut.«
»Und zwar zur Zeit der Prohibition«, sagte Justus.
»Alkoholverbot«, sagte Peter.
Laurenne nickte. »Ich sehe, ihr kennt euch aus.«
»Sind halt tolle Burschen«, warf Thompson ironisch ein. »Oder sie haben einfach das Buch gelesen, das es über die Hütte gibt.«
»Es existiert ein Buch?«, fragte Osborne erstaunt.
»Wussten Sie das nicht? Tja, Osborne, Ihre Reportage könnten Sie dort einfach abschreiben!«
»Ich kann mir nicht vorstellen, dass alles, was es zu erzählen gibt, in diesem Buch steht«, entgegnete Osborne spitz. »Laurenne, Sie können uns doch viel mehr berichten, oder?«
Laurenne nickte und sah ihn seltsam an.
»Aber ich werde mir das Buch natürlich zulegen«, fügte Osborne hinzu.
»Sie können es im Shop von Mr Patwin erwerben«, sagte Bob. »Ich habe gestern Abend hineingelesen. Zur Zeit des

Alkoholverbots befand sich in der Hütte eine geheime Destillerie, nicht wahr, Laurenne?«
»Ja. Man hat hier Schnaps gebrannt, ihn ins Tal geschafft und in der Stadt verkauft. Als die Zeit des Verbots vorbei war, wurde dieser Ort erneut verlassen. Es kam der Krieg, dann die Zeit der Kommunistenverfolgung unter McCarthy. Damals hat sich ein paar Monate lang ein Mann hier versteckt und ist schließlich geblieben. Ray Bennet. Jim, der Liftbetreiber, ist sein Enkel. Ein Erbe seines Großvaters hat er sich bewahrt: Wer wenig Geld hat, darf kostenlos bei ihm fahren.«
»Das hätten wir mal früher wissen sollen«, sagte Peter.
»Wir anderen im Dorf finden das nicht so gut«, antwortete Laurenne. »Aber zurück zur Hütte. In den späten Sechzigern entstand hier eine Hippiekommune, allerdings nur in den Sommermonaten. Es wurde Musik gemacht, geraucht und gefeiert, bis das Geld alle war. Außerdem entsprach die romantische Vorstellung vom Leben in den Bergen nicht ganz der harten Wirklichkeit. Nach ein paar Jahren waren die Leute jedenfalls wieder weg. Ein Kind, das in der Zeit hier geboren wurde, kam als Erwachsener zurück und gründete eine Sekte. Doch darüber weiß ich wenig.«
»Seltsam«, sagte Mr Osborne, »wo Sie doch so sehr zum Esoterischen neigen?«
»Ich glaube an Geister und an die übersinnliche Kraft der Berge und des Eises«, sagte Laurenne. »Aber ich glaube nicht an das Geschwätz von Ted Zampano!«
Sofort griff Osborne zu. »Aha, Zampano hieß er. Etwas wissen Sie also doch!«, bohrte er nach.
»Nein.«

»Aber Sie kannten Ted?«
»Natürlich kannte ich ihn. Jeder kannte ihn, zumindest vom Sehen. Schließlich war er der Kopf dieser Sekte. Damals nannte er sich Surajo. Er lebte hier ein paar Sommer lang und um ihn herum scharten sich ein Haufen wild gackernder Hennen und zwei, drei eitle Gockel.«
»Sie sprechen von seiner Anhängerschaft.«
Laurenne nickte. »Ted war nur selten im Dorf. Wenn es etwas zu besorgen gab, schickte er meistens jemand anderen. Irgendwann löste sich alles auf. Das muss gut fünfzehn Jahre her sein. Wir haben nie wieder etwas von ihm gehört. Auch nicht von dem Einsiedler, der eine Zeit lang hier lebte. Wir wussten so gut wie nichts von ihm, bis sich herausstellte, dass er ein Soldat war, der gesucht wurde, weil er im Nahen Osten Amok gelaufen war.«
»In der Geschichte dieser Hütte spiegelt sich ja einiges von der Geschichte Amerikas«, sagte Bob. »Und meistens ging es um Gold und Geld. Sekten haben da ja oft auch keine reine Weste. Wie war das hier?«
Laurenne zuckte mit den Schultern. »Keine Ahnung«, sagte sie. »Aber bei den Goldgräbern und den Alkoholbrennern auf jeden Fall. Und die Hippies? Na ja. Viele von denen gründeten später Firmen und kamen dann hin und wieder in ihren Luxuskarren angereist, um romantischen Erinnerungen an die gute alte Zeit nachzuhängen. Dem Indianer, der vor ein paar Monaten hier auftauchte, ging es allerdings mit Sicherheit nicht um Geld.«
»Was wollte der?«
»Das alte Heiligtum wiederherstellen. Weg mit der Hütte, her

mit den alten Ritualen. Aber er gab schließlich auf, konnte keine Mitstreiter finden. Hatte es auch bei Joe versucht, der ja von den Indianern abstammt, doch der hat damit nichts am Hut. Das steht übrigens alles nicht mehr in dem Buch, Mr Osborne. Sie können es aber gerne für Ihre Reportage verwenden, falls Sie das überhaupt interessiert!« Laurenne blickte Osborne prüfend an. »Oder geht es Ihnen vorrangig um ältere Dinge?«

»Um alles natürlich«, sagte Osborne ruhig. »Ich hoffe, wir finden Zeit genug, dass Sie mir bestimmte Ereignisse noch ein wenig ausführlicher schildern können.«

Alte Geschichten

Der Tee war ausgetrunken. Die drei ??? packten die Reste ihrer Vorräte zusammen. Wie es aussah, mussten die Speisen und Getränke noch zwei, drei Tage reichen. Bis dann hoffentlich Hilfe kam.

»Wir gehen in unser Zimmer und richten uns ein wenig ein«, sagte Justus und zwinkerte Peter und Bob unauffällig zu. »Sie kommen ja ein paar Minuten ohne uns aus?«

»Liebend gerne auch ein paar Stunden«, sagte Thompson. »Lasst euch nur Zeit!«

Die Jungen standen auf und verließen den Raum. Alle drei hatten wenig Lust, den muffigen Verschlag zu betreten, aber sie wollten eine Weile unter sich sein.

Als sie in ihrem Vierbettzimmer waren, schaltete Peter eine Taschenlampe an und sie setzten sich auf die Bettkanten.

»Nun stecken wir schon wieder in der Falle!«, lamentierte Peter. »Aber eins müsst ihr zugeben: Ich war es nicht, der hier runter in die Senke wollte!«

»Es blieb uns nichts anderes übrig«, sagte Justus.

»Wenn wir die nächste Auszeit planen, dann fahren wir einfach nach China«, schlug Bob vor. »Das ist weit weg ...«

»Na ja«, meinte Peter. »Ich erinnere mich da an etwas ganz und gar nicht Ruhiges. Und auf so undurchsichtige Kerle wie Trevor Thompson treffen wir wahrscheinlich überall in der Welt!«

»Ach, Trevor Thompson«, rief Justus, »so ein Idiot! Ich hätte nie vermutet, dass er tatsächlich lateinische Tierbegriffe

kennt. Aber offenbar ist er wirklich Biologe. Oder Altphilologe …«
»Was immer ein Altphilologe ist, aber dann …«, sagte Peter.
»Einer, der Latein und Altgriechisch studiert hat«, half Bob weiter.
»… dann ist er ja eigentlich kein Idiot«, führte der Zweite Detektiv aus.
»Peter! Du weißt schon, was ich meine! Mich so vorzuführen … und dann auch noch als …«
»… Esel darzustellen«, vollendete Bob, der genau spürte, wie es in Justus immer noch brodelte.
»Genau! Das kriegt er zurück, wenn wir aus diesem Gefängnis raus sind.«
Bob nickte ihm zu. »Warum habe ich bloß so eindeutig das Gefühl, dass es bei den dreien noch um etwas ganz anderes geht als um das, was sie vorgeben?«
Peter beugte sich vor. »Eine Geisterjägerin, ein Vogelbeobachter und ein Journalist. Du meinst, das stimmt alles nicht?«
»Kann doch sein, oder?«, fragte Bob. »Als Laurenne die Geschichte dieser Hütte erzählt hat, sind vor meinem inneren Auge gleich mehrere Filme abgelaufen. Gold, geheime Verstecke, Verrückte …«
»Hat sie denn alles richtig wiedergegeben?«, wollte Justus wissen. »Du hast das Buch doch gelesen, Bob.«
»Hat sie, zumindest in Kurzfassung. Vieles blieb eben natürlich auch unerwähnt. Zum Beispiel, dass es jahrelang das Gerücht gab, ein Goldsucher hätte damals ein Supernugget versteckt, ein richtig fettes Goldstück, doch bevor er wiederkommen konnte, um es sich zu holen, ist er bei einer Schlägerei

gestorben. Immer wieder ist jemand hergekommen und hat es gesucht. Aber es wurde nie gefunden.«
»Du vermutest, einer der drei ist auf dieser Spur?«
»Keine Ahnung, Justus. Aber warum hat Laurenne es nicht erwähnt?«
»Gute Frage«, sagte Justus. »Eigentlich bietet sich das an.«
»Das war also Film eins«, sagte Peter. »Was noch, Bob?«
»Die Alkoholdestillerie. Angeblich haben die Betreiber richtig viel Schwarzgeld verdient und es hier irgendwo deponiert. Doch aufgetaucht ist nie etwas.«
»Sie werden es mitgenommen haben«, sagte Peter.
Bob nickte. »Klar. Das sind ja auch nur Andeutungen, aber die Fantasie geht bei mir sofort los!«
»Bei mir auch«, sagte Justus. »Weiter, Bob.«
»Manche sagten auch, die Destillerie hätte es nie gegeben, da man keine einzige Spur von ihr gefunden hat.«
»Aber die Leute waren in der Zeit hier oben?«
»Angeblich schon. Es herrschte einiges an Fußverkehr, den Berg rauf und runter, und verkauft haben sie ihr Zeug ja auch. Aber dann hätte man die Ausrüstung später finden müssen, Geräte, Brenner, was weiß ich. Angeblich wurde beim Verlassen davon nichts abtransportiert. Verständlich, die Prohibition war vorbei und die Leute verschwanden. Da denken doch viele: Wozu noch sauber machen.«
»Okay«, sagte Justus, »was noch?«
»Die Indianer natürlich, die als Erste hier waren. Auch hier gibt es Geschichten, dass in den Bergen noch alte Heiligtümer vergraben sein sollen.«
»Die nun jemand sucht«, sagte Justus.

»Oder bei denen jemand möchte, dass sie nicht in ihrer Ruhe gestört werden sollen«, sagte Bob. »Es gibt also eine Menge Gründe, warum jemand an diesen Ort kommen könnte.«

»Und was könnte das alles mit diesen Lichtern zu tun haben, die wir gestern gesehen haben, und mit den Spuren am Grab?«

»Ich weiß es nicht, Zweiter«, sagte Justus. »Oder genauer gesagt: Meine Ahnungen sind noch nicht ausformulierungsbereit.«

»Aha.«

»Sie ... sind noch zu unfertig. Ich möchte vorläufig nicht darüber sprechen. Was hat dieser Ted Zampano eigentlich für eine Sekte aufgezogen?«

»Darüber steht auch etwas in dem Buch«, sagte Bob. »Irgendwie hatte ich eben den Eindruck, Laurenne wollte nicht so gerne drüber sprechen. Es ging um indische Weisheiten, das einfache Leben, ohne persönlichen Besitz und so was. Die innere Lotosblüte entdecken, an der das Böse wie ein Wassertropfen abperlt. Zur Aufnahme mussten sich die Leute von ihren materiellen Dingen befreien, die dann an einem Steinhaufen nahe der Hütte in einer Zeremonie zerstört wurden. Keine Ahnung, was die Mitglieder hier sonst noch den ganzen Tag lang gemacht haben.«

»Meditiert«, sagte Justus.

»Vermutlich«, sagte Bob. »Und über die dumme Welt gelacht. Eine Zeit lang haben die ziemlichen Zulauf gehabt, so viel, dass nur die Auserwählten in der Senke wohnen durften. Der Rest lebte unten im Dorf. Irgendwann hat Zampano die Sekte aufgelöst und alle sind verschwunden.«

»Waren also ausreichend skurrile Typen hier über die Jahrhunderte. Würde mich nicht wundern, wenn irgendwann auch mal Drogen im Spiel gewesen wären.«

»Wie kommst du auf Drogen, Just?«, fragte Bob.

»Ich dachte an die Destillerieausrüstung. Es wäre doch möglich, dass man damit auch andere Dinge hergestellt hat, als der Alkohol-Schwarzmarkt wegbrach.«

»Kann sein, Justus.« Bob zuckte mit den Schultern. »Denkbar ist wirklich vieles. Selbst eine Entführung hat hier mal stattgefunden. Ein Sohn einer reichen Familie, der wochenlang in der Hütte gefangen gehalten worden ist, um Geld zu erpressen.«

Justus horchte auf. »Das ist ja ganz was Neues. Wann war das?«

»1973 oder 74. Kurz nachdem die Hippies weg waren. Nach langem Hin und Her wurde eine hohe Summe bezahlt und man hat das Opfer an einem Highway ausgesetzt.«

»Schade, dass wir hier nicht im Internet recherchieren können«, sagte der Erste Detektiv. »Zu all diesen Punkten hätte ich noch viele Fragen. Also müssen wir eben so herausfinden, was hier vor sich geht. Kommen wir zurück zu unseren Mitbewohnern und dem, was sie hierhergeführt hat. Laurenne möchte den Geist von Duffy jagen. Das halte ich für durchaus denkbar. Immerhin hat sie dafür eine Ausrüstung dabei. Sie konnte nicht ahnen, dass wir hier auftauchen würden.«

»Ich dachte, du glaubst nicht an Geister?«, sagte Peter.

»Natürlich nicht. Aber sie vielleicht. Ihr Bruder ist hier bei einem Lawinenunglück umgekommen. Und in abgelegenen Bergdörfern glaubt man an alles Mögliche.«

»Ich vermute, für sie lebt ihr Bruder noch«, sagte Bob. »Denk an ihren Versprecher, als wir ihr im Auto begegnet sind. Sie hat seinen Tod noch nicht verkraftet. Da können seltsame Dinge draus entstehen.«

»Unser Psychologe«, murmelte Peter.

Justus dachte bereits weiter. »Dann wäre da Trevor Thompson, der vielleicht tatsächlich ein Wissenschaftler ist. Aber auch ein Wissenschaftler kann einem versteckten Goldnugget auf der Spur sein.«

»Genauso wie ein Journalist«, ergänzte Bob. »Natürlich ist es ganz reizvoll, über solch einen Ort eine Story zu schreiben. Aber gleichzeitig bietet es für Osborne eine gute Gelegenheit, hier herumzustöbern.«

»Genau genommen sind wir auch nicht besser«, sagte Peter. »Wir sagen ebenfalls nicht die Wahrheit.«

»Wieso?«, fragte Justus.

»Na, angeblich sind wir drei harmlose Tourengeher. Aber in Wirklichkeit handelt es sich um drei Superdetektive!«, antwortete Peter und lachte.

»Jedoch mit dem Unterschied, dass wir nicht mit detektivischer Absicht hergekommen sind«, sagte Justus, »sondern als Urlauber.«

In dem Moment hörten sie nebenan ein krachendes Geräusch. Die ganze Hütte erzitterte.

Mit dem Kopf durch die Wand

Es hatte geklungen, als wäre irgendwo etwas eingestürzt. Sofort sprangen die drei ??? von ihren Betten und rannten aus dem Schlafverschlag, der ihnen plötzlich wie eine Grabkammer vorkam.

Als Justus die Tür zum Wohnraum aufriss, sahen sie Osborne neben einem zerbrochenen Ski am Boden liegen. Laurenne beugte sich über ihn und sprach beschwörend auf ihn ein. Thompson stand an der Außentür und stemmte sich mit aller Kraft gegen den Türbalken. Über ihm stachen aus der Decke ein paar Balken heraus und Schnee war in die Hütte gerutscht.

»Die haben versucht, rauszukommen!«, rief Peter und drängte sich an Justus vorbei. »Los, wir müssen Thompson helfen, die Decke abzustützen!«

»Macht schon!«, brüllte Thompson. »Lange kann ich das nicht mehr halten!«

Peter sah sich um, eigentlich gab es nur eine Lösung. »Der Tisch!«, rief er Bob zu. Sie rannten zu dem Möbelstück und hoben es an. Es war schwerer als gedacht. Gemeinsam gelang es ihnen, den Tisch zu kippen und die Platte seitlich in den Türspalt zu schieben. Sie drückten den Tisch schräg hoch, sodass er sich mit dem Türbalken verklemmte. Peter trat mit dem Fuß unten gegen die Platte, bis sie festsaß, dann war er zufrieden.

Erst jetzt ließ Thompson den Türbalken los. Schweißperlen standen auf seiner Stirn. Er sah die drei ??? an und griff sich in den Bart, als wollte er da nach Worten suchen. Offenbar fiel es ihm schwer, sich für die schnelle Reaktion zu bedanken.

»Schon gut«, sagte Peter.
Dann wandten sie sich an Laurenne, die sich immer noch um Osborne kümmerte. Der Mann war kurzzeitig bewusstlos gewesen, doch nun richtete er sich murmelnd wieder auf.
Laurenne stützte ihm den Rücken. »Als der Ski brach, hat er ihn gegen den Kopf bekommen«, erklärte sie. »Mr Thompson wollte mit dem Ski die Tür aufstemmen. Mr Osborne fand das gar nicht gut. Nun haben wir den Salat! Ich war ja gleich dagegen.«
Thompson dehnte seine Armmuskeln und besah sich die Stelle, durch die der Schnee eingebrochen war. »Tut mir leid«, sagte er schuldbewusst. »Aber es war doch wohl einen Versuch wert.«
»Wenn nicht noch mehr von oben nachkommt«, sagte Laurenne düster.
Auch Justus sah sich den Schaden an. »Mit dem Tisch als Stütze sollte es halten.« Dann stieß er mit dem Schuh gegen die erdverschmierten Schneebrocken am Boden und schob sie an die Wand. »Wir sollten besonnen auf Hilfe warten. In spätestens zwei Tagen wird man uns doch suchen!«
»Ganz meine Meinung«, sagte Laurenne.
Osborne stöhnte und setzte sich mit Laurennes Hilfe auf einen Stuhl. »Mannomann«, stieß er aus, »diese Texaner. Immer mit dem Kopf durch die Wand!«
»Ach was, jetzt kommt das alte Südstaatengequatsche?«, brauste Thompson auf. Dass er die Gruppe gerade in eine gefährliche Situation gebracht hatte, hatte er schon wieder vergessen. »Und was trägst du piekfeiner Pinkel zu unserer Rettung bei? Papier und Bleistift? Du bist doch 'ne Nullnummer!«

Osborne sprang auf. »Fieser Redneck!«, fauchte er. »Was willst du überhaupt hier?«
Thompson hob die Hand zum Schlag.
»Halt!«, rief Laurenne und knallte einen Blechteller auf den Boden, der scheppernd davonsprang. »Hört auf! Sofort!«
Langsam ließ Thompson die Hand sinken. »Das nächste Mal fängt er sich eine«, sagte er.
»Immer mit der Ruhe!«, sagte Laurenne bestimmt.
Thompson wandte sich ab. »Ist ja schon gut.«
»Und Sie halten einfach mal Ihre Klappe!«, sagte Laurenne in Richtung Osborne.
»Jaja.«
Die drei ??? atmeten hörbar aus.
Alle schwiegen und mussten sich erst mal wieder sortieren. Laurenne betrachtete die im Regal herumliegende Steinsammlung. Osborne setzte sich auf einen Stuhl und besah sich der Reihe nach die Enden seiner Fingernägel. Thompson drehte ihm den Rücken zu und sandte Blicke aus, als wollte er die Wände durchbohren. »Noch ein Mal«, murmelte er in sich hinein und ballte die Fäuste, »noch ein Mal!«
Justus nahm die Batterielampe vom Boden und trat an die Holzwand, die den Raum vom Schlaftrakt abtrennte.
»Was tust du da?«, fragte Thompson sofort.
»Nichts«, sagte Justus. »Unwichtig.«
»Nichts oder unwichtig?«
»Ich habe vorhin festgestellt, dass die Menschen, die sich hier aufhielten, immer wieder Dinge in das Holz geschnitzt haben«, sagte Justus. »Diese Graffiti möchte ich mir nun ansehen. Ich hoffe, ich brauche dazu nicht Ihre Genehmigung.«

»Justus!«, zischte Bob.
Doch Thompson riss sich zusammen. »Das interessiert mich ebenfalls«, sagte er und hinkte herbei.
Auch Osborne ließ von seinen Fingernägeln ab. »Mich auch«, sagte er. »So etwas passt gut in meine Reportage.«
Da Justus die Lampe in den Händen hielt, stellten sich beide Männer dicht neben ihn und sahen ihm neugierig über die Schulter. Der Erste Detektiv leuchtete fahrig über die Wand. Viele eingeritzte Herzen waren zu sehen, fast alle mit Namensinitialen. Justus tippte auf die Hippies. Doch das war es nicht, wonach er suchte.
»Nicht so schnell«, sagte Thompson.
Justus stoppte bei einem eingeritzten Wappen eines Football-Clubs aus New York. »So genehm, Mr Thompson?«
»Weiter«, sagte Thompson. »Falscher Verein.«
Kopfschüttelnd drückte ihm Justus die Lampe in die Hand. »Ach, übernehmen Sie das doch bitte selbst.« Er ging ein paar Schritte zur Seite. Das Licht von Laurennes Lampe reichte aus, um auch hier das Wesentliche zu erkennen. Justus scannte die Oberfläche ab, bückte sich plötzlich und fuhr langsam mit dem Finger über eine Stelle. »Oh!«, sagte er laut.
»Hast du was entdeckt?« Thompson war sofort bei ihm.
»Klar«, sagte Justus und grinste.
Thompson beugte sich herunter und leuchtete dahin, wo Justus' Finger lag. *Kilroy was here,* stand in der Wand, dazu eine kleine Zeichnung mit einem eiförmigen Kopf, der wie über eine Wand über eine Linie guckte. »Willst du mich veräppeln? Das ist doch nur so ein alter verrückter Spruch, der an Millionen Orten steht. Kennst du den nicht?«

Achselzuckend stand Justus auf. »Sie hätten ja nicht zu mir zu kommen brauchen, Sir.« Mit Unschuldsmiene trat er einen Meter zur Seite und suchte weiter.
Bob und Peter grinsten sich an und gesellten sich zu ihm. Nach kurzer Zeit stieß der dritte Detektiv Justus sanft in die Seite. *Laurenne, ich hasse dich*, stand auf dem Brett vor ihnen, direkt neben einem Herz mit den Buchstaben *L & S*. »Meinst du, dass unsere Laurenne gemeint ist? Aber wer hat das eingeritzt?«
»Ein Geist bestimmt nicht«, murmelte Justus. Unauffällig zog er seine Freunde weiter.
Laurenne räumte derweil im Raum herum, zog Stühle von hier nach dort, stellte sie wieder zurück, um sie gleich darauf wieder woandershin zu schieben. Auf einmal klatschte sie laut in die Hände. »Ihr Jungs habt doch bestimmt was zu spielen dabei, oder?«
»Was meinen Sie damit?« Justus drehte sich zu ihr um. Laurenne hatte die sechs Stühle im Kreis aufgestellt und mitten hinein eine Art Tisch gebaut. Justus deutete auf die Konstruktion aus zwei Holzblöcken und einer Platte. »Wo haben Sie die Unterlage her?«, fragte er.
»Das Bild. Ich habe es abgehängt. Die Rückseite.«
»Ist das nicht ein wenig schade?«
»Das Gemälde geht nicht kaputt davon, Justus. Und in der Not ... Habt ihr nun was dabei oder nicht? Ein Kartenspiel doch bestimmt, oder?«
»Ich habe in der Tat ein Spiel eingepackt«, sagte Peter, »für die Abende auf den Hütten.« Er lief in ihr Schlafzimmer, und als er zurückkam, hielt er einen bunten Karton hoch.
Laurenne wandte sich an die Männer. »Also, meine Herren?«

»Ich kann nur pokern«, erklärte Thompson.
»Das habe ich mir schon gedacht, dass Ihnen so ein Strategiespiel zu komplex ist«, sagte Osborne. »Ich jedenfalls bin dabei!«
»Ich sowieso«, sagte Laurenne.
»Das hat doch mit Komplexität nichts zu tun«, rief Thompson. »Osborne! Wenn es drauf ankommt, schlage ich Sie sogar im Schach.«
Der Journalist lachte. »Das soll ich glauben?«
»Das werden Sie ja sehen. Ich habe es mir anders überlegt: Ich spiele mit!«
»Das Spiel ist leider nur für vier Personen«, sagte Justus. »Laurenne, Bruce, Trevor – dann kann von uns dreien noch einer dabei sein. Und wenn sich zwei so ausnehmend kluge Köpfe wie Sie miteinander messen, meine Herren, dann brauchen Sie jemanden auf Augenhöhe: Ich fange an!«
»Davon scheinen deine zwei Kollegen aber nicht begeistert zu sein«, sagte Thompson und nickte in Richtung Peter und Bob, auf deren Gesichtern sich gerade so etwas wie Fragezeichen abbildeten.
»Ihr habt doch eben eh gesagt, dass ihr euch ein wenig ausruhen wollt«, sagte Justus und starrte Peter an.
»Was?«, fragte Peter.
»Stimmt«, sagte Bob ruhig, »das wollten wir. Das hilft auch gegen deine Kopfschmerzen, Peter. Wir können Justus ja nachher ablösen.«
»Wie wäre es so etwa in einer halben Stunde?«, fragte Justus. »Wenn ich die erste Runde gewonnen habe?« Er setzte ein breites Grinsen auf.

Gefährliches Spiel

»Ich *habe* kein Kopfweh!« Peter saß neben Bob auf dem Bett. Bob legte den Finger an die Lippen. »Nicht so laut, Peter. Hast du nicht kapiert? Das ist ein Plan! Justus übernimmt darin die Rolle, die beiden Männer ans Spiel zu binden.«
»Und wir?«
»Wir untersuchen ihr Gepäck.«
»Ah ja. Und warum kann ich nicht Justs Rolle übernehmen? Es ist immerhin *mein* Spiel!«
»Weil du der Mann mit dem Einbruchswerkzeug bist, Peter. Und außerdem ist Justus viel geschickter als du, wenn es darum geht, die Leute davon abzuhalten, uns zu überraschen.«
»Ist er nicht!«
»Doch, Peter, auch geschickter als ich. Das weißt du ganz genau! Hast du nicht gemerkt, wie er sie mit seiner letzten Bemerkung provoziert hat?«
»Dass er gewinnen wird?«
Bob nickte. »Klar, er hat die Männer herausgefordert. Und nun schnapp dir dein Dietrichset. Wir haben nicht viel Zeit.«
Peter stöhnte und griff in die Seitentasche seines Rucksacks. »Wieso geht ihr eigentlich davon aus, dass ich es dabeihabe?«, fragte er. »Wir wollten ja in Urlaub fahren. Aber ich habe mal wieder vergessen, das Set herauszunehmen.«
»Wenn wir es überhaupt brauchen«, sagte Bob. »Vielleicht haben die Kerle ja nicht abgeschlossen.«
Peter und Bob schlichen aus ihrem Zimmer. Durch die Bretterwand drang Justus' Stimme. Er erklärte die Spielregeln.

»Justus redet wie ein Angeberlehrer«, sagte Peter. »Ich hoffe für alle Schüler dieser Welt, dass er später kein Pauker wird!«
Bob lachte leise und zog Peter weiter. »Hier ist es«, flüsterte er und zog an der Tür. »Abgeschlossen.«
Peter öffnete das Dietrichset und setzte das Werkzeug an. Es dauerte nur wenige Sekunden, dann war das Schloss geknackt.
»Das ist Einbruch«, stellte der Zweite Detektiv fest.
»Ein Notfall«, sagte Bob.
»Wo ist bitte schön hier ein Notfall?«
»Prophylaxe«, verbesserte sich Bob.
»Das sagt mein Zahnarzt auch immer«, sagte Peter, »was heißt das?«
»Vorbeugung.«
»Immerhin mal ein neues Argument!« Peter zog die Tür auf.
Sie leuchteten den Raum ab. Auf zwei der Betten lag je ein Rucksack, beide geöffnet, wahrscheinlich, weil die beiden Männer vorhin die Essensvorräte herausgenommen hatten.
»Jeder einen?«
Bob nickte. »Ich nehme den von Thompson.«
»Okay«, sagte Peter.

Inzwischen hatte Justus seine Erklärung der Spielregeln beendet und auch Thompsons Zwischenfragen hinreichend beantwortet. Es ging darum, mit Spielkarten, die Gebäude und Betriebe darstellten, eine Stadt zu bauen. Die ausgelegten Karten brachten einem Geld ein, mit dem man weiterbauen konnte.
Gerade nahm sich Laurenne eine neue Karte, als Osborne sagte: »Das Zimmer haben Sie ja abgeschlossen, Thompson?«
Justus zuckte zusammen.

»Natürlich. Sie haben es doch gewiss beobachtet!«
»Und der Schlüssel?«
»Hier«, sagte Thompson und legte den alten, angerosteten Schlüssel auf den Tisch. Er würfelte und Laurenne verteilte Geld aus der Bank. »Sie glauben doch nicht, dass ich die Jungs sonst hätte auf ihr Zimmer gehen lassen.«
»Was meinen Sie damit?«, sagte Justus und blickte von seinen Karten hoch.
»Ich meine damit, dass ich euch nicht über den Weg traue«, sagte Thompson.
Jetzt würfelte Osborne. »Hier traut wohl keiner keinem.«
»Fangen Sie bloß nicht wieder an zu streiten!« Laurenne verteilte erneut Geld.
Osborne kaufte sich eine Karte und sagte: »Was haben Sie da vorhin eigentlich noch im Zimmer gemacht, Trevor?«
»Wieso? Wir haben es doch zusammen wieder verlassen.«
»Nicht ganz, Sie erst kurze Zeit nach mir«, sagte Osborne ruhig. »Ein paar Sekunden lang haben Sie noch etwas herumgestöbert. Ich war schon im Flur und wollte gerade wieder zu Ihnen hineinsehen, da sind Sie dann plötzlich doch erschienen.«
»Wie das klingt!«, rief Thompson. »*Dann plötzlich doch erschienen*. Als hätte ich ein Verbrechen begangen! Ich habe noch etwas von meinem Proviant gesucht, verstehen Sie? Das ist doch wohl erlaubt!«
»Ich bin dran!«, sagte Justus laut dazwischen und würfelte. »Eine Vier! Bitte kontrollieren Sie alle Ihre Karten.«
»Das Essenspaket hatten Sie schon vorher in den Händen«, redete Osborne weiter. »Thompson, wissen Sie was ich glau-

be? Sie haben den Moment genutzt, um in *meinem* Zeug zu wühlen!«

Justus checkte die Karten. »Mr Thompson: Für Sie gibt es drei Goldstücke aus der Bank!« Er sah Laurenne auffordernd an. Sie suchte das Geld heraus. Thompson nahm ihr die Pappscheiben ab, ohne das Spielgeld weiter zu beachten. Stattdessen starrte er Osborne an. »Ich bin Biologe«, sagte er, »kein Taschendieb!«

»Ich gehe einfach nachschauen«, sagte Osborne und griff sich den Schlüssel. »Dann werden wir ja sehen!«

»Sie bleiben hier!«, rief Thompson.

»Bitte, Mr Osborne«, sagte Justus, »lassen Sie uns doch bitte die Runde zu Ende spielen.«

Osborne stand auf. »Nein«, sagte er, »ich will es jetzt wissen. Ich bin gleich wieder da.«

Mit all seiner Schauspielkunst versuchte Justus, sich nicht anmerken zu lassen, dass er um alles in der Welt die Männer am Tisch behalten wollte. »Mr Thompson hat Sie bestimmt nicht beklaut«, sagte er langsam, doch er konnte eine gewisse Nervosität in seiner Stimme nicht verbergen.

»Das wird sich gleich zeigen, mein Junge.« Osborne griff nach der Lampe.

»Setzen Sie sich wieder, Mr Osborne«, befahl Laurenne, »solche Mitspieler sind ja ein Horror!«

Der Journalist schüttelte den Kopf. »Ein paar Sekunden werden Sie ja wohl warten können.«

Justus sprang auf und wollte an Osborne vorbei, der ihn jedoch zur Seite stieß. »Was soll das? Habt ihr Jungs doch was zu verbergen?«

»Aber nein!«
Thompson war ebenfalls aufgestanden und griff sich Osbornes Arm. Dadurch gelang es Justus, als Erster in den Gang zu den Zimmern zu gelangen. Osborne schüttelte Thompson ab und folgte ihm auf den Fuß, dann kam der Vogelkundler.
»Ich bitte um ein wenig Rücksicht, meine Herren«, rief Justus laut, um Peter und Bob zu warnen. »Meine Freunde ruhen sich gerade aus.«
»Das will ich hoffen«, sagte Thompson. »Ansonsten können sich die beiden auf etwas gefasst machen!«
Osborne drängelte, doch Justus hielt dagegen und erreichte zuerst die Tür zum Schlafraum der Männer. Da er vermutete, dass Peter und Bob nicht von innen wieder abgeschlossen hatten, als sie in das fremde Zimmer eingedrungen waren, tat er so, als rüttelte er an der Tür. »Die ist zu«, rief er und drehte sich zu den Männern um, »also alles in Ordnung!«
»Nichts ist in Ordnung! Geh mir aus dem Weg.« Mr Osborne schob Justus weg. »Ich will sehen, was Thompson in meinem Rucksack gesucht hat!« Er griff sich den Türknopf.
Justus schloss die Augen und hielt den Atem an.
Doch die Tür ging nicht auf.
Erleichtert atmete Justus aus. Peter hatte sie offenbar geistesgegenwärtig gesichert. Aber das half natürlich nicht lange. Seine Freunde saßen in der Falle. Hoffentlich hatten sie die Zeit genutzt und sich wenigstens unter den Betten versteckt.
Osborne steckte den Schlüssel ins Schloss und drehte ihn um. Dann öffnete er die Tür und leuchtete in den Raum hinein.
»Alles in Ordnung?«, rief Thompson von hinten. »Sehen Sie! Hab ich doch gesagt.«

»Moment«, sagte Osborne, »ich schaue erst nach, mir scheint, der Rucksack liegt ein wenig anders.«
»Und mir scheint, Sie haben einen Knick in der Optik«, sagte Thompson.
Osborne trat ins Zimmer. Justus drängte hinterher. Rechts stand ein Stockbett, links das Einzelbett. Beide Betten waren bis auf die Gepäckstücke leer. Mit einem schnellen Blick prüfte Justus, ob das Drahtgestell des oberen Doppelbetts durchhing, doch es war eben. Also mussten Peter und Bob unter den Betten stecken.
»Was ist mit unserem Spiel?«, rief Laurenne von draußen.
»Wir kommen!«, rief Justus und sagte: »Also? Gehen wir?«
Osborne hörte nicht auf ihn, sondern ging zu seinem Rucksack und suchte darin herum. »Thompson!«, sagte er und richtete sich drohend hoch. »Du warst da also doch dran!«
»Ich bin so was von unschuldig«, erklärte Trevor Thompson und kraulte sich den Bart. »Entweder Sie täuschen sich, Osborne, oder ... Ich habe da eine Ahnung! Leuchten Sie doch mal unter die Betten!«

Ein interessanter Fund

»Ich soll unter den Betten nachsehen?«, fragte Bruce Osborne. »Sie wollen doch nur von sich ablenken, Thompson! Machen Sie mich nicht zum Affen!«

»Ach was!« Mit einem geschickten Handgriff entwendete der Vogelkundler Osborne die Lampe. Ächzend kniete er sich hin.

Justus dachte fieberhaft nach. Er musste etwas tun! »Oh!«, schrie er und fasste sich ans Herz. »Ich bekomme keine Luft mehr! Helfen Sie mir!« Röchelnd sackte er zu Boden.

»Ach, Junge, das ist zwar nett, aber darauf falle ich nicht herein«, sagte Thompson. Er nahm die Lampe und zielte unerbittlich unter das Einzelbett.

Jetzt wurde es ernst. Justus machte sich kampfbereit.

»Und?«, fragte Osborne.

»Nichts als Staub«, sagte Thompson erstaunt. »Dann stecken sie unter der anderen Koje.« Langsam drehte er sich um.

Justus hielt den Atem an.

»Auch nichts«, sagte Thompson.

»Auch nichts?«, entfuhr es Justus.

»Sag ich doch«, rief Osborne. »Thompson! Immer die Schuld auf andere schieben!«

Schwer atmend richtete sich der Vogelkundler wieder auf. Sein Mund stand offen, doch kein Ton kam heraus.

Dafür hörten sie, wie ein paar Meter weiter eine Tür aufgestoßen wurde. »Was ist denn hier für ein Lärm«, rief Bob, »wie soll man sich dabei ausruhen?«

»Oh, Bob!« Justus fiel ein Stein vom Herzen. Entweder hatten sich Peter und Bob rechtzeitig zurückgezogen, oder aber sie hatten die Aktion erst gar nicht gestartet.

Peter trat ebenfalls ins Zimmer und rieb sich die Augen. »Bin gerade eingeschlafen«, murmelte er, »was ist denn los? Wie spät ist es?« So überzeugend tat er das, dass Justus zweimal hinschauen musste, um Peters angedeutetes Augenzwinkern zu bemerken. Das konnte nur eins heißen: Die beiden waren im Zimmer der Männer gewesen!

Doch darüber konnten sie sich jetzt nicht weiter verständigen. Alle gingen zurück zu Laurenne, die nach wie vor am Spieltisch saß. »Können wir endlich weitermachen?«

»Ja, können wir«, sagte Justus gut gelaunt.

Insgesamt spielten sie fast zwei Stunden. Die Besetzungen wechselten. Meistens waren Justus oder Osborne die Sieger, sofern sie spielten. Thompsons großspurige Ankündigung jedenfalls erwies sich schnell als leeres Gerede. Oder leere Drohung, je nachdem, wie man es sah.

Justus beobachtete vor allem Osborne genau. Der Journalist hatte den Eindruck erweckt, dass etwas in seinem Rucksack fehlte. Ab und zu wischte er sich unkonzentriert durch die Haare, als wäre er nicht ganz bei der Sache, aber er spielte strategisch so stark, dass ihm auch die halbe Konzentration reichte. Dennoch hätte Justus ihn öfter schlagen können, wenn sich der Erste Detektiv nicht bewusst zurückgehalten hätte. Außerdem wartete er darauf, dass Bob oder Peter mit ihm pausieren musste. Schließlich war es Peter. Justus schnappte sich den Zweiten Detektiv und sie zogen sich unter dem Vorwand, die Graffiti weiter zu untersuchen, in eine Ecke zurück.

»Habt ihr das Gepäck untersuchen können?
Peter nickte unmerklich. »Wir waren nur kurz drin. Dann hörten wir, dass Osborne kommen wollte, und haben fluchtartig den Rückzug angetreten. Gerade noch rechtzeitig.«
»Das hat mich vielleicht Nerven gekostet! Ich dachte, ihr säßet in der Falle!«
»Frag mich nicht nach *meinen* Nerven, Erster! Dieser Thompson macht doch Hackfleisch aus einem.«
Sie traten einen Schritt an die Wand und beugten sich hinunter, als würde sie ein eingeschnitztes Bild interessieren.
»Was habt ihr gefunden?«
»Ich. Ich habe was gefunden. Aber leider nicht mehr zurückgelegt. Ich war in Panik, Justus.«
»Nun sag schon, was!«
»Eine kleine Kamera.«
»Digital? Was ist drauf?«
Peter drehte sich zu den anderen. Sie waren in das Spiel vertieft. Bob kassierte gerade ordentlich ab und Thompson war entsprechend sauer. »Ein Foto von dem Grab«, sagte Peter.
»Wie bitte?«, sagte Justus viel zu laut.
Osborne sah auf. »Was ist los?«, fragte er.
»Justus und sein Football! Und dann noch die New York Knicks«, sagte Peter reaktionsschnell, »dabei sind wir doch aus L.A.! Und Basketball ist doch viel cooler, ich sollte hier die Lakers einritzen!«
»Sport«, sagte Osborne verächtlich. Alle wendeten sich wieder dem Spiel zu.
»*Das* Grab?«, fragte Justus deutlich leiser.
»Ja. Das Grab von Walt Duffy«, flüsterte Peter. »Also war er

es, der gestern Abend auf dem Friedhof gewesen ist! Ansonsten noch das Ortsschild von Clearwater und ein paar Landschaftsaufnahmen hier aus der Senke. Willst du sie sehen?«

»Liebend gerne«, sagte Justus. »Aber du musst die Kamera wieder zurückbringen. Jetzt.«

»Nein, Just, das kannst du nicht verlangen!«

»Doch. Steck sie ganz tief in den Rucksack. Osborne soll denken, Thompson hat sie in den Händen gehabt und nicht wir!« Er wandte sich ab, ging zu den Spielern und zwinkerte Bob zu. »Wann bin ich wieder dran?«, fragte er.

»Dauert noch«, sagte Laurenne. »Aber du kannst dann Trevor ablösen, der wirkt ein wenig lustlos.«

»Nur, wenn Thompson bei uns bleibt«, sagte Osborne. Thompson murmelte etwas und Justus bemerkte, wie Peter in den Flur verschwand. Keiner beachtete ihn und schöpfte Verdacht. Ihr junges Alter zahlte sich wieder einmal aus.

»Wie ist Ihr Bruder eigentlich gestorben?«, wandte sich der Journalist unvermittelt an Laurenne.

»Woher wissen Sie das von Walt?«

»Von Ihnen selbst! Sie haben es uns doch vorhin eindrucksvoll demonstriert. Walt ist der Geist, den Sie erwarten!«

»Ja, natürlich.« Plötzlich wirkte Laurenne sehr reserviert. »Das ist keine sehr schöne Geschichte.«

»Erzählen Sie ruhig, ich bin vieles gewohnt.«

»Ich kann nicht gleichzeitig spielen und darüber sprechen. Das geht mir zu nahe.« Ihre Stimme klang brüchig. »Obwohl ich hier die Ärztin bin, konnte ich ihn nicht mehr retten.«

»Lawinentod«, sagte Osborne.

Laurenne nickte.

»Was hat die Lawine ausgelöst?«, fragte Thompson.
»Wenn ich das wüsste …«
»War er allein?«
»Ja. Er zieht sich gerne hierhin zurück. Ach, was sage ich, er *zog* sich zurück. Für mich ist er immer noch am Leben …«
»So lange ist das Unglück ja auch nicht her, oder?«
»Nein, Mr Osborne, ein paar Wochen. Und seitdem sprach ich oft mit seinem Geist. Also mit ihm selbst, wie ich glaube!«
»Hat er, also der Geist, hat er irgendetwas von dem schrecklichen Ereignis erzählt?«, fragte Osborne.
Bevor Laurenne antworten konnte, trompetete Thompson dazwischen: »Wo steckt Peter eigentlich?«
»Er holt irgendwas«, sagte Justus ruhig. »Ich sehe mal nach.«
In dem Moment ging die Tür auf und Peter trat ein. Er hatte sich einen Pullover um die Schultern gelegt. »Kalt hier«, sagte er mit Unschuldsmiene. »Bin ich jetzt dran?«
»Erst ich«, sagte Justus. »Ich glaube, Mr Osborne hatte da noch eine Frage.«
»Schon gut, Justus«, sagte der Journalist, »das können wir später immer noch klären. Ich mache jetzt mal Pause.«
Justus stieg für ihn ein, Thompson spielte weiter.
Osborne lungerte im Raum herum, als suche er etwas. Das hatte er auch schon vorher getan, wenn er nicht gespielt hatte. Justus schien es, als machte sein Verhalten Laurenne und Thompson nervös. Doch Osborne fand nichts, zumindest machte es nach außen hin nicht den Anschein.
Als es auf sechs Uhr zuging, bereiteten alle ein sparsames Abendessen vor. Sie kochten Tee, aßen und sprachen über die Four-Hills-Tour. Ab und zu streuten Osborne oder die drei

Jungen Fragen in das Gespräch ein, zur Geschichte des Hauses, zu den Indianern, der Entführung, bei der die Hütte eine Rolle gespielt hatte. Und Osborne kam auch noch einmal auf den Lawinenunfall zurück. Doch Laurenne gab sich in allem unverbindlich. Mehr, als in dem Buch stand oder sie bereits gesagt hatte, wollte sie nicht herausrücken. Oder aber sie wusste es einfach nicht. Thompson schwieg die meiste Zeit und ließ die anderen reden. Nur einmal fragte er nach, als es darum ging, ob nicht irgendjemand – sei es ein Indianer, ein Goldsucher oder ein Alkoholbrenner – in oder in der Nähe der Hütte irgendein geheimes Versteck eingerichtet haben könnte.
»Ich dachte, Sie interessieren sich für Vögel«, sagte Laurenne spitz.
»Offenbar für seltsame Vögel aller Art«, witzelte Osborne.
Die drei ??? grinsten. Das taten sie in gewisser Weise auch.
»Wie dem auch sei«, sagte Laurenne, »die Nacht ist längst gekommen und ich schlage vor, wir ziehen uns jetzt alle auf unsere Zimmer zurück. Wenn ich in zwei Stunden den Kontakt zu Walt aufnehme, möchte ich nicht gestört werden.«
»Humbug«, murmelte Thompson.
Sie kontrollierten noch einmal die Decke der Hütte, dann gingen alle auf die Zimmer. Müde genug vom Tag waren sie.
Als Justus die Tür hinter sich geschlossen hatte, sagte er: »Nachtwache. Wir teilen uns auf. Wenn der Geist von Walt erscheint, sind wir dabei!«
»Ich dachte, du glaubst nicht an Geister?«, sagte Peter.
»Vielleicht bildet Laurenne es sich ja nur ein«, meinte Bob.
»Oder sie inszeniert das Ganze selbst. Warum auch immer.«
»Genau das möchte ich herausfinden«, sagte Justus.

Das Astloch

Da die Holzwände in den Zimmern hellhörig waren und die beiden Männer nicht gerade leise sprachen, bekamen die drei ??? mit, wie Thompson und Osborne noch eine Weile herumdiskutierten. Jetzt zeigte sich, wie sinnvoll Justus' Idee gewesen war, die Kamera wieder zurückzulegen. Der Journalist musste zwar zugeben, dass in seinem Rucksack nichts fehlte, hielt Thompson aber trotzdem vor, dass der in seinen Sachen herumgeschnüffelt habe. Thompson wehrte sich vehement dagegen und musste sich dann von Osborne anhören, fälschlicherweise die Jungen in Verdacht gehabt zu haben. Schließlich einigten sie sich darauf, dass wohl bei der wilden Skifahrt im Gepäck einiges durcheinandergekommen war.
Irgendwann wurde es ruhig und ein sonores Schnarchen drang vom Nebenzimmer herüber.
Auf der anderen Seite, wo Laurenne schlief, war schon länger alles still.
Bob übernahm die erste Schicht, doch auch Peter und Justus lagen noch eine Weile auf den unbequemen Betten und ließen ihre Gedanken kreisen.
Irgendwann später weckte Bob die beiden. »Es tut sich was!« Gähnend setzte Justus sich auf. Peter schrak mit einem Schrei aus einem Traum auf.
»Leise!«, zischte Bob.
Sie hörten, wie Laurenne ihr Zimmer verließ und sich in den Wohnraum verzog. Kurze Zeit später vernahmen sie ein klopfendes Geräusch, das jedoch schnell wieder aufhörte.

»Los, raus«, flüsterte Justus.
Sie öffneten die Zimmertür und schlichen in den Flur. Gedämpft drangen weitere Geräusche zu ihnen. Ein Gegenstand kratzte am Boden, dann klang es, als ob Laurenne mehrere Dinge auf den Boden stellte. Vielleicht baute sie etwas auf.
»Leider gibt es keine Spalten in der Wand, durch die wir hindurchsehen können«, flüsterte Peter.
Sie verharrten und horchten. Plötzlich spürte Peter etwas hinter sich. Er hörte ein leises Atmen und ihm sträubten sich die Haare. War das der Geist?
Der Zweite Detektiv nahm seinen ganzen Mut zusammen und drehte sich um. Er knipste seine Taschenlampe an. Sie leuchtete direkt in das Gesicht von Bruce Osborne.
»Sie?«
»Ihr?«
Auch Justus und Bob hatten sich umgewandt. »Wir sind neugierig auf den Geist«, sagte der Erste Detektiv.
Da trat auch Thompson aus seinem Zimmer. »Ist er schon da?«, fragte er.
»Ruhe!« Osborne legte den Zeigefinger vor den Mund. »Wir sollten Laurenne nicht bei ihrer Séance stören.«
Also blieben sie, wo sie waren, und lauschten.
Nun war Laurenne zu hören, wie sie leise den Geist rief. »Walt? Hörst du mich? Walt?« Ihre Stimme wurde höher und heller, je länger sie ihre lockenden Worte rief.
»So ein Quatsch!«, sagte Thompson nach ein paar Minuten.
»Gehen Sie doch wieder ins Bett!«, antwortete Osborne.
Sie schwiegen. Laurenne verfiel jetzt in eine Art Singsang.
Dann knarrte etwas.

Die drei ??? legten ihre Ohren an die Wand.
»Hallo, Walt«, flüsterte Laurenne plötzlich, »ich liebe dich, Walt! Wie schön, dass du für mich aus deiner Welt erschienen bist ... Weißt du, dass wir in einer Lawine stecken? Ja, wir sind gefangen! Nur du, du kannst durch Wände gehen. Aber ich, ich hocke hier mit drei Jungen zusammen und zwei entsetzlichen Männern ...«
Pause.
»Ja, Walt, danke, dass du mich tröstest. Joe wird kommen und mich retten, ich weiß.«
Pause. Doch war da nicht noch ein anderes Geräusch?
»Das bildet die sich doch alles ein«, murmelte Bob. »Hätte nie gedacht, dass eine so bodenständige Frau dermaßen abdrehen kann.«
»Und was ist, wenn der Geist wirklich da ist?«, flüsterte Peter. »Schließlich sind wir hier in den Bergen, da ist manches anders als anderswo.«
»Aber sein Gehirn kann man auch hier einschalten«, brummte Thompson. »Glaubt mir, die spinnt.«
»Ruhe!«, zischte Osborne.
Etwas klapperte. Und was sie dann hörten, ließ ihnen das Blut in den Adern gefrieren. Denn plötzlich sprach eine Männerstimme, schleppend und leise: »Danke, Schwesterherz. Wir werden ewig verbunden bleiben. Auf hoffentlich bald.«
»Habe ich es nicht gesagt?«, flüsterte Peter mit dünner Stimme.
»Das ist sie doch selbst«, sagte Thompson, »Laurenne! Die verstellt ihre Stimme. Na warte!« Er setzte sich in Bewegung, doch Osborne zog ihn zurück. »Das ist meine Sache, Trevor!«

Der Journalist zog seine Kamera aus der Hosentasche und drängte sich nach vorne. In drei Schritten war er an der Tür, die in den Raum führte. Er wollte sie öffnen, doch sie ließ sich nicht bewegen. »Verdammt!«

Ein Schrei von Laurenne. Hektische Geräusche auf der anderen Seite.

»Was soll das, Mr Osborne?«, rief Justus.

»Nun geh schon auf, du blödes Ding!« Osborne stieß heftig gegen die Tür, doch die blieb verschlossen. Dann trat er mehrfach mit dem Fuß dagegen. Dadurch schob sie sich einen Spalt weit auf. Osborne linste durch ihn hindurch, sah offenbar nicht viel und trat weiter auf das Holz ein.

Die drei ??? liefen zu ihm, sie wollten nichts verpassen.

Schließlich gab die Tür ihren Widerstand auf und ließ sich aufdrücken. Alle stürzten in den Raum.

Laurenne saß auf einem Stuhl, ihren Gauss-Master-Messer in der Hand und eine Art schwarze Brille vor den Augen. Sie riss sie sich herunter und starrte die Eindringlinge entgeistert an.

Sie war allein.

»Seid ihr verrückt geworden?«, schrie die Frau mit einer Wucht, die sie alle überraschte. »Nun habt ihr ihn verjagt! Ich hoffe, nicht auf ewig. Warum seid ihr hier hereingekommen? Ich habe doch extra einen Keil unter die Tür getrieben!«

»Wir haben eine Männerstimme gehört«, sagte Osborne und fügte scheinheilig hinzu: »Ich wollte Ihnen zu Hilfe kommen!«

»Ach, quatsch!«, rief Laurenne. »Das können Sie mir doch nicht erzählen. Und logisch, dass Sie eine Männerstimme gehört haben. Der Geist von Walt war schließlich da!«

»Hören Sie endlich auf mit diesem Unsinn!«, brüllte Thompson. »Gibt es einen Beweis? Irgendeinen?«
Justus schüttelte den Kopf. Ihm war klar, dass man auf diese Weise nicht weiterkam. Er wollte gerade etwas fragen, als Trevor hinzufügte: »Sie haben uns das doch alles nur vorgegaukelt, Laurenne! Stimmen zu verstellen gehört zum Standardrepertoire eines jeden Scharlatans.«
»Wenn Sie das so sagen, dann muss es wohl so sein! Genauso wie manch ein Vogelkundler eher ein Trampeltier ist!«
»Laurenne, bitte sagen Sie mir, auf welche Weise Walt erschienen ist«, fragte Justus ruhig.
»Gewöhnlich kommt er aus der Nähe des Kamins«, sagte Laurenne versöhnlicher. »So hört es sich zumindest an. Ich sehe ihn ja nicht. Ich habe den Augenschutz an.«
Justus setzte sich in Bewegung, Osborne ebenfalls. Gemeinsam untersuchten sie den Abzug, fanden aber nichts Verdächtiges.
Laurenne hatte derweil ihre Utensilien zusammengeräumt. »Ich lege mich jetzt hin«, erklärte sie, »das hat mich alles sehr angestrengt.«
Justus wandte sich vom Kamin ab. »Das kann ich mir vorstellen. Am besten, wir gehen ebenfalls schlafen. Wer weiß, wozu wir morgen unsere Kräfte noch brauchen werden.«
Peter und Bob nickten.
Die beiden Männer suchten noch ein wenig im Raum herum, schlossen sich dann aber an.
»Mich beschäftigen eine Menge Fragen«, sagte Justus leise, als sie wieder auf ihrem Zimmer waren. »Erstens: Warum interessiert sich Osborne so für den Geist?«

»Weil er Journalist ist«, sagte Bob. »Das ist doch eine Superstory: Auf Geisterjagd in den Bergen!«

»Zweitens: Was ist da eben wirklich passiert?«

»Keine Ahnung«, sagte Peter. »Ich denke, Thompson hat mit seiner Vermutung ins Schwarze getroffen: Laurenne hat den Geist selbst gesprochen, auch wenn ich das ungern sage.«

»Drittens: Warum inszeniert Laurenne das alles?«

»Tja«, sagte Bob.

»Tja! Das reicht mir nicht. Ich schlage vor, wir warten, bis alle wieder schlafen, dann sehen wir uns das Ganze in Ruhe noch einmal an! Ich habe einen Verdacht.«

Nach gut einer halben Stunde hatten die drei ??? den Eindruck, dass alle schliefen. Zumindest drang ein sägendes Schnarchen durch die Bretterwand, das hundertprozentig von Thompson stammen musste. Justus, Peter und Bob stiegen wieder aus ihren Betten. Leise schlichen sie durch den Flur und in den Aufenthaltsraum. Dann erst knipsten sie die Taschenlampen an.

Der Wohnbereich lag da, als wäre nichts gewesen. Schnuppernd zog Justus die Luft ein. Er leuchtete mal hierhin, mal dahin. Schließlich blieb der Lichtkegel an einem Regalfach hängen, auf dem Essensvorräte gelegen hatten. Täuschte er sich oder fehlte etwas?

»Was ist, Justus?«

»Ich bin nicht sicher. Lasst uns den Boden untersuchen. Aber leise!«

»Nach was?«

»Auffälligkeiten.«

Die drei ??? knieten sich hin und leuchteten die Bretter ab. Auf einmal kratzte Bob an etwas und zog daran, doch es klemmte

in der Spalte zwischen den Brettern fest. Justus trat näher: eine silberne Kette mit einem Anhänger in Lotosblütenform.
Bob fummelte an dem Kettchen herum, das einfach nicht aus der Ritze herauswollte. »Der Verschluss hat sich verhakt. Jetzt, ich hab's!« Er reichte es Justus.
»Kollegen?« Peter hatte derweil den provisorischen Spieltisch in Augenschein genommen. »Hier ist etwas merkwürdig.«
»Was meinst du, Peter?«
»Ich glaube, die Holzblöcke standen vorhin anders.«
Justus steckte den Anhänger in die Hosentasche und gesellte sich zu seinem Freund. Sie nahmen das Bild ab und hoben die Holzklötze zur Seite.
Peter kniete sich hin und leuchtete den Boden ab. »Drei Bretter sind etwas kürzer«, sagte er. »Und der Rand ... seltsam.« Der Schein seiner Lampe blieb an einem Astloch hängen.
»Ein Astloch ...«, sagte Justus. »Ich liebe Astlöcher!« Er hockte sich neben Peter und steckte den Mittelfinger hinein. Dann ruckelte er leicht damit. Tatsächlich! Die Bretter ließen sich anheben und wie eine Falltür hochklappen. Ein rechteckiger, dunkler Eingang lag vor ihnen, aus dem den drei ??? ein leicht modriger Geruch entgegenquoll.

Im Eis

Die drei ??? starrten in die Öffnung, die sich vor ihnen im Boden aufgetan hatte. Bob leuchtete hinunter. Man sah die ersten Stufen einer Holzleiter, die sich schnell im Dunkeln verlor.
»Ein Geheimgang«, murmelte Bob. »Oder vielleicht ... auch ein Ausgang?«
»Wir sollten es ausprobieren«, sagte Justus.
»Auch, wenn wir nicht wissen, was uns erwartet?«
»Ja, Peter«, sagte Justus. »Am besten gehen wir nicht alle drei auf einmal. Einer bleibt oben und kann notfalls Hilfe holen.«
»Hilfe? Sprichst du da von diesem Monster Thompson, dem zwielichtigen Osborne und der abgedrehten Laurenne?«
Justus nickte, wenn auch etwas unschlüssig. »Schließlich stecken wir alle hier in der Klemme und wollen hinaus. Andererseits teile ich deine angedeuteten Bedenken. Irgendetwas spielt sich hier ab, von dem wir nur oberflächlich eine Ahnung haben.«
Bob kniete sich hin und steckte den Kopf in die Öffnung. »Einen Windzug verspüre ich jedenfalls nicht.« Er setzte sich wieder auf. »Mir ist gerade noch ein ganz anderer Gedanke gekommen: Vielleicht hat Laurenne ihre Stimme bei der Séance doch nicht verstellt, und dieser Walt steckt in dem Gang!«
»Ich denke, der ist tot«, sagte Peter.
»Dann eben ein anderer Mann. Jedenfalls der, den wir vorhin gehört haben. Warum auch immer noch jemand hier sein könnte, aber möglicherweise sind wir nicht zu sechst hier eingeschlossen, sondern zu siebt!«

»Dafür spricht, dass einige Lebensmittel fehlen«, sagte Justus, »und nicht nur das: Mir scheint, auch von dem Geschirr, das im Regal stand, ist das eine oder andere verschwunden. Es hilft nichts: Wir müssen die Sache überprüfen!«
»Ich bleibe oben«, sagte Peter.
Erstaunlicherweise nickte Justus. »Bob, dann wir zwei?«
»Ja. Verlieren wir keine Zeit! Sonst wacht noch einer von den anderen auf.« Bob drehte sich um, klemmte sich die Lampe zwischen die Zähne und kletterte die Leiter hinunter.
Justus wartete kurz, dann machte auch er sich bereit. Bevor sein Kopf in der Tiefe verschwand, sagte er zu Peter: »Wenn wir nicht spätestens in dreißig Minuten wieder da sind, weckst du die anderen.«
Peter nickte und sah auf die Uhr. Es war genau ein Uhr zwölf. »Viel Glück, Just.« Peter schaltete seine Taschenlampe an und leuchtete in das Loch. Durch den häufigen Gebrauch ließ allmählich die Batterie nach. Sekunden später war Justus nicht mehr zu sehen.
Um Energie zu sparen, schaltete Peter die Lampe aus, setzte sich an den Rand der Öffnung und ließ die Beine hineinbaumeln. Er drückte auf seine Armbanduhr. Ein Uhr vierzehn. Was Justus und Bob wohl entdecken würden? Hoffentlich einen Ausgang. Oder wartete da unten etwa eine böse Überraschung? Es konnte auch eine Falle sein! Peter schluckte. Das schien ihm plötzlich sehr viel wahrscheinlicher. Aber Justus warf ihm immer wieder vor, dass er alles zu negativ sah. Also versuchte Peter, diesen Gedanken zu verdrängen. Ja, sie würden hier herauskommen. Und morgen im Sonnenschein das Skifahren genießen!

Um ein Uhr dreißig hörte Peter das Geräusch einer der Zimmertüren. Jemand räusperte sich und gähnte, Peter tippte auf Thompson. Der Zweite Detektiv überlegte blitzschnell. Die halbe Stunde war noch nicht um. Und auf eine nervige Begegnung mit Thompson hatte Peter keine Lust. Schnell legte er das Bild auf die beiden Holzklötze, glitt in die Öffnung und zog die Falltür über sich zu. Hoffentlich fiel Thompson die leicht veränderte Position des Tisches nicht auf.
Er hatte keine Sekunde zu früh gehandelt. Peter hörte, wie jemand mit schweren, schleppenden Schritten direkt über ihm den Raum durchquerte. Ziel war die Toilette.
Kurz überlegte der Zweite Detektiv, ob er warten sollte, bis Thompson wieder zurückging. Dann siegten seine Neugier und auch seine Sorge um Bob und Justus, die möglicherweise in Not waren. Leise kletterte er abwärts. Zu dumm, dass die Taschenlampe so schwach war. Als Peter am Boden angekommen war, schaltete er sie trotzdem ein, um sich einen Überblick zu verschaffen. Vor ihm lag ein dunkler Gang, wie man ihn von Bergwerken her kannte. Von Justus und Bob keine Spur.
Er leuchtete in den Gang hinein und tastete sich vorsichtig vorwärts. Nach einer Weile wurde der Gang breiter und die Seiten verloren sich im Dunkeln. Offenbar war er in einen größeren Raum gekommen. Er lauschte. Nach wie vor nichts zu hören. Peter leuchtete seitwärts und erschrak. Jemand blinkte zurück! Er brauchte einen Moment, um zu begreifen, dass das Licht seiner Lampe reflektierte. Peter trat näher. Vor ihm lag ein Haufen von kleinen Metallbehältern, Kesseln, Röhren, Ventilen und dergleichen. Er schien in eine Art Labor gekommen zu sein. Die Alkoholbrennerei?

Alles war verschmutzt, trüb, verrostet. Manche Teile waren zwar noch zu so etwas wie Bauteilen miteinander verbunden, aber es wirkte, als hätte man alles einfach schlampig aus dem Weg geräumt. Das Labor war schon jahrelang nicht mehr in Gebrauch gewesen. Auf jeden Fall war etwas dran an den alten Geschichten. Der Gang stammte bestimmt noch aus Goldgräberzeiten. Später hatte man ihn dann zu anderen geheimen Zwecken genutzt, wie zur Alkoholbrennerei. Und die Entführungsstory wurde durch die Existenz des Geheimgangs noch gruseliger.
Von Justus und Bob jedoch auch hier keine Spur. Die Lampe war kurz vor dem Verlöschen. Peter nutzte die letzten Strahlen, um die Umgebung abzuleuchten. Der Lichtkegel fiel auf einen Stuhl und nebendran … auf eine der Essensboxen von der Sorte, die Laurenne mitgebracht hatte! Sie war nicht ganz zugeklappt. Peter trat näher. Angebissene Brote lagen drin. Offenbar hatte jemand den Platz fluchtartig verlassen. Neben dem Stuhl stand eine halb volle Wasserflasche.
Peter holte Luft. Er musste vorsichtig sein.
Ein paar Meter vor ihm ging der Gang weiter. Peter schaltete die Lampe aus und tastete sich im Dunklen voran. Es wurde wieder enger. Und noch irgendetwas veränderte sich. Auf einmal fühlte sich die Wand glatt und extrem kalt an. Es war Eis. Der Gang führte in den Gletscher!
Fuß für Fuß kam Peter vorwärts. Der Boden war glitschig, auch wenn offenbar etwas Sand auf ihn gestreut war.
Nach wenigen Metern blieb Peter stehen. Irgendetwas stimmte hier nicht, das spürte er. Warum gab es von Justus und Bob immer noch keine Spur? Was lauerte hier? Er versuchte, die

Nerven zu behalten. Nachdenken, Peter, nachdenken! Sollte er die Lampe anschalten und hoffen, dass sie noch Kraft hatte? Aber so machte er auf sich aufmerksam. Vielleicht hatte ihn noch niemand bemerkt. Rückzug? Ja, das war die beste Lösung. Es war eine blöde Idee gewesen, sich hier hereinzuwagen. Der Zweite Detektiv drehte sich um, als plötzlich ein grelles Licht aufblitzte. Gleichzeitig erhielt er einen heftigen Stoß in die Seite. Peter geriet ins Taumeln und prallte gegen die Wand. Er versuchte, Halt zu finden, doch an der glatten Fläche rutschte er ab. Er glitt nach unten und kam unsanft auf dem Boden zum Sitzen. Der Arm schmerzte.

»Peter?«

Der Strahl der Lampe traf ihn mitten ins Gesicht.

»Was für ein Glück, du bist es!«

»Justus? Bob?«

»Wer denn sonst«, erklang Bobs vertraute Stimme. »Tut mir leid für die Attacke! Aber wir haben hier einen unbekannten Gast vermutet.«

»Ich doch auch!«

Sie hörten ein Geräusch. Ein Schatten löste sich aus dem dunklen Hintergrund. Justus hielt die Lampe in die Richtung. Es war ein Mann.

»Er haut ab!«

Bob stand am günstigsten und regierte sofort. Der Mann hastete den Gang weiter in den Gletscher hinein, er hatte einige Meter Vorsprung. Bob versuchte aufzuholen, dicht hinter ihm folgte Justus und gab alles. Doch in der Kurve musste der Erste Detektiv dem Eis Tribut zollen. Er verlor den Halt, schlitterte zur Seite und knallte gegen die Wand.

Nun war Bob der einzige Verfolger. Der Mann war im Vorteil, er kannte sich aus und kam auch besser mit dem Eis zurecht. Bob verlor Meter um Meter. Alles ging so schnell, dass Bob gar nicht bemerkte, dass sie eine lang gezogene Rechtskurve liefen. Plötzlich war der Gang zu Ende und öffnete sich in einen großen Raum. Bob hörte einen Zusammenprall, gefolgt von einem Fluch und einem Schrei. Als er das Ende des Eisgangs erreichte, sah der dritte Detektiv im Licht seiner Lampe den unbekannten Mann zusammengekrümmt an der Wand liegen. Er hielt sich beide Hände vor das Gesicht. Vor ihm saß Peter.

Maskerade

»Der Weg durch das Eis führt im Kreis herum«, sagte Bob erstaunt und leuchtete den Unbekannten direkt an. »Wer sind Sie?«

Der Mann reagierte nicht.

»Ich habe ihm ein Bein gestellt«, sagte Peter stolz und rappelte sich auf.

Nun kam auch Justus hinzu. »Walt Duffy?«, fragte er. Der Erste Detektiv war ganz außer Atem. »Oder jemand anderes? Wie ist Ihr Name?«

Der Mann blinzelte unter seiner Hand hervor. »Hört auf, mich anzuleuchten! Ich renne nicht weg, versprochen.«

»Was tun Sie hier?«

»Dasselbe könnte ich euch fragen! Ich wohne hier. Ich bin Eremit!«

»Einsiedler?«

Der Mann nickte. »Ja. Ich lebe alleine hier. Ab und zu kommt Laurenne und bringt mir etwas zu essen. Sie glaubt, dass ich der Geist von Walt Duffy bin.«

»Wenn Sie nicht Walt Duffy sind, müsste sie das doch erkennen?«

»Sie muss sich abwenden, wenn ich erscheine. Eine Augenklappe aufziehen und das Zimmer abdunkeln. Bisher hat es immer geklappt!«

»Irgendwie spinnen hier alle«, sagte Peter und wandte sich an Justus, der sich den Arm hielt. »Bist du auch verletzt?«

»Geht so«, sagte Justus. »Und du?«

»Schon okay.«
»Dann verraten Sie uns jetzt bitte Ihren Namen«, sagte Justus zu dem Mann.
Der stand stöhnend auf. »Kenny«, sagte er. »Kenny Miller.«
»Und warum haben Sie das Einsiedlerdasein gewählt?«
»Das hat viele Gründe und ist eine lange Geschichte. Ich denke, letztendlich ist diese Welt nichts für so jemanden wie mich. Und wer seid ihr?«
»Justus, Peter und Bob«, sagte Justus knapp.
»Oben in der Hütte sind noch weitere Leute?«
»Laurenne. Die kennen Sie ja. Außerdem hat es noch einen Vogelkundler hierher verschlagen. Trevor Thompson. Dazu den Journalisten Bruce Osborne. Aber für die Richtigkeit dieser Angaben würde ich meine Hand nicht ins Feuer legen. Dass uns eine Lawine verschüttet hat, haben Sie mitbekommen?«
Der Mann nickte. »Laurenne sprach davon. Wir sitzen in der Falle, ich weiß. Und was tun wir jetzt?«
»Jetzt steigen wir nach oben«, erklärte Justus. »Ich nehme mal an, das wird Bewegung in die Sache bringen.«
»Ich würde lieber hierbleiben.«
»Kein guter Vorschlag«, sagte der Erste Detektiv. »Dann müssen wir nämlich alle herunterkommen: Es tut mir leid, Mr Miller, aber der Geist von Walt Duffy wird nun enttarnt werden müssen.«
»Ihr wisst nicht, was ihr Laurenne damit antut«, rief Miller, »ich bin für sie ein riesiger Trost!«
»Irgendwann wird sie es ohnehin erfahren«, sagte Justus ungerührt. »Also los, gehen wir! Die Reihenfolge lautet: erst Bob, dann Peter, dann Sie, dann ich.«

Die kleine Gruppe machte sich auf den Weg. Nach kurzer Zeit erreichten sie die Leiter und Bob kletterte hoch. Vorsichtig hob er die Luke an und steckte seinen Kopf in den Raum. Von den anderen war niemand zu sehen. Er zog sich hinauf und der Rest der Gruppe folgte.
»Und nun?«, fragte Miller.
»Nun wecken wir unsere Mitbewohner«, sagte Justus und schnappte sich zwei der Töpfe aus dem Regal. Bevor Miller protestieren konnte, schlug er sie heftig gegeneinander. Es klang wie ein blecherner Riesenwecker und das Geräusch verfehlte seine Wirkung nicht.
Als Erster erschien Trevor Thompson. Offenbar ging es seinem Bein besser. »Spinnst du, Justus? Was soll der Lärm mitten in der Nacht?« Da entdeckte er Miller, der vergeblich versuchte, sich hinter Peter und Bob im Hintergrund zu halten. »Wer bist du denn? Und wie bist du hereingekommen?«
»Kenny Miller war schon vor uns hier, Mr Thompson«, sagte Justus, »aber wir konnten ihn nicht sehen. Oh, willkommen, Mr Osborne!«
Der Journalist stand in der Tür. Erst müde, dann verwundert rieb er sich die Augen. »Wie …?«
»Das ist Kenny Miller«, stellte Justus vor. »Ein bisher unbekannter Mitbewohner.«
Osborne starrte ihn an. »Hab ich's doch gewusst! Sind Sie der angebliche Geist? Wo kommen Sie her und was tun Sie hier?«
»Mr Miller sagt, er sei ein Einsiedler, der Laurenne gegen etwas Essen und Trinken vorgespielt hat, er sei der Geist ihres Bruders«, antwortete Justus für Kenny Miller. Er wollte die Gesprächsführung bei sich halten. »Wo ist eigentlich Laurenne?«

»Hier«, sagte die Frau und trat in den Raum. »Bei dem Krach kann ja keiner schlafen. Es ist zwei Uhr nachts, Leute! Und was hast du da von Walt gesagt, Justus?«
Justus zeigte auf Miller und wiederholte seine Aussage. Laurenne schrie auf und schlug sich die Hände vor das Gesicht. »Das kann unmöglich wahr sein«, rief sie, »nie im Leben ist das der Geist von Walt! Das … ist unmöglich! Nein, bitte nicht. Du bist nicht Walt!«
»Ich habe die Stimme verstellt«, sagte Miller leise.
»Aber warum …?«
»Weil Sie mir Essen gebracht haben, Mrs Duffy. Und ein wenig Abwechslung tat mir ab und zu ganz gut.«
»Geister, die essen.« Thompson schüttelte den Kopf. »An was die alles glaubt!«
Laurenne reagierte nicht. Sie wirkte, als sei etwas in ihr zerbrochen.
»Aber wo kommst du so plötzlich her?«, fragte Thompson den Eremiten.
Justus schritt zur Klappe im Boden und zog sie hoch. »Darunter liegt ein geheimer Gang«, sagte er. »Es wird interessant sein, ihn näher zu untersuchen. Vielleicht haben wir dazu später Zeit. Doch zunächst sollten wir uns noch ein wenig unterhalten.«
»Führt der Weg hinaus?«, fragte Osborne.
Bob schüttelte den Kopf. »Leider nein. Haben wir überprüft. An unserer Situation hat sich nichts verändert.«
»Ich möchte mir das selbst anschauen!«
»Einen Moment bitte, Mr Osborne.« Justus wühlte in seiner Hosentasche herum. Der Erste Detektiv hatte das Gefühl, dass

er nur noch einen Ball ins Spiel werfen musste, damit die ganze Geschichte in Bewegung kam.

»Kennt jemand diesen Schmuck?« Er hielt den silbernen Anhänger, den Bob gefunden hatte, direkt unter das Licht seiner Taschenlampe, sodass ihn alle gut sehen konnten. Der Lotos glänzte fast wie neu.

Sofort trat Osborne näher und riss Justus den Schmuck aus der Hand. »Er war hier«, murmelte er. Dann drehte er sich zu Laurenne. »Er war hier oben!«, sagte er noch einmal lauter und es klang drohend. »Was wissen Sie davon?«

»*Wer* war hier in der Hütte?«, fragte Justus.

Osborne riss sich wieder zusammen und suchte nach Worten. »Ich … Wisst ihr … eigentlich bin ich … Ich bin kein Journalist, wie ich vorgegeben habe. Tut mir leid, ich muss mich entschuldigen. Ich bin Detektiv.«

»Detektiv?«, fragte Peter ungläubig zurück.

»Ja. Bruce Osborne, Privatdetektiv. Ich setze mich auf die Spur von Gefängnisausbrechern.«

»Ach, nee!«, rief Thompson belustigt. »Mr Osborne, ein Detektiv! Und ich dachte schon, wir bekommen die Titelstory im *Wall Street Journal*!«

»Und der Ausbrecher, von dem Sie sprechen, ist Ted Zampano«, sagte Justus, ohne auf Thompson einzugehen, »der ehemalige Sektenführer!«

Osborne nickte. »Wie kommst du darauf?«

»Das ist nicht schwer. Die Lotosblüte war das Symbol seiner Sekte. Aber erzählen Sie uns mehr von Zampano.«

»Warum fragst du nicht *die* da?« Osborne wies auf Laurenne. »Die weiß viel mehr, als ihr denkt!«

»Das stimmt wohl«, sagte Justus.

Laurenne wand sich sichtlich. »Ich kann … Ich weiß wirklich nicht viel«, quetschte sie hervor. »Als Ted seine Sekte auflöste und verschwand, war er später angeblich in einige Betrügereien verwickelt. Das brachte ihn ins Gefängnis. Ich dachte, er sitzt noch dort. Ich habe nie wieder von ihm gehört.«

»Wann ist er ausgebrochen?«

»Vor ein paar Wochen«, sagte Osborne. »Ich frage mich, warum er hierher zurückkam und was hier passiert ist! Das wissen Sie doch bestimmt, Laurenne?«

»Zumal Sie früher ein Liebesverhältnis mit ihm hatten«, sagte Bob ins Blaue hinein.

»Wie kommst du darauf?«, fragte Laurenne.

Bob zeigte auf die Wand. »Schon etwas verwittert. Ein Herz, und die Buchstaben *L & S*. Laurenne und Surajo. So nannte sich Zampano damals, wie Sie selber sagten. Daneben die Inschrift *Laurenne, ich hasse dich*. Da war wohl jemand eifersüchtig?«

»Es stimmt«, sagte Laurenne genervt, »ich hatte mal was mit ihm, aber das hatte fast jede! Als er wegging, brach unser Kontakt vollkommen ab.«

Osborne trat vor den Einsiedler, der sich in eine Ecke verzogen hatte. »Aber *Sie* müssten doch mitbekommen haben, dass Zampano vor ein paar Wochen hier war, Miller! Sie sind offenbar in doppeltem Sinne ein unterirdischer Zeuge.«

Miller wich noch weiter zurück. »Ich weiß nichts, Mr Osborne.«

»Wie lange leben Sie schon hier?«

»Noch nicht so lange.«

»Wo kommen Sie ursprünglich her?«
Miller murmelte irgendetwas.
»Wie bitte? Geht es auch lauter?«
»Oakland«, sagte Miller.
»Woher aus Oakland? Ich kenne Oakland ziemlich gut!«
»Richtung San Leandro«, sagte Miller.
»Okay, lassen wir das. Zampano war jedenfalls hier«, sagte Osborne. »Nachdem er ausgebrochen war, wollte er sich bei einem Freund Ausweispapiere besorgen, um in ein anderes Land zu flüchten. Dieser Freund bewahrte unter anderem auch seinen Anhänger auf, den er vor der Haft immer bei sich getragen hatte.«
»Sie wissen ziemlich gut Bescheid!«, sagte Thompson.
»Ein Mitgefangener hat ausgepackt«, sagte Osborne. »Sie können mir schon glauben: Ich weiß, was ich tue!«
Thompson hob bedauernd die Hände. »Kein Thema, kein Thema! Erzählen Sie ruhig weiter, Bruce.«
»Anschließend fuhr er nach Clearwater Springs. Aber was wollte er hier?« Osborne sah Laurenne scharf an. Dann starrte er auf Miller, als wollte er ihn mit seinen Blicken durchbohren.
»Ich höre was«, sagte Peter. »Still!«
Alle wandten sich ihm zu. »Was meinst du?«, fragte Laurenne. Doch Peter hielt den Finger an die Lippen. »Psst!«
Nun hörten es alle. Es war ein kratzendes, unrhythmisches Geräusch. Irgendwie schien es durch die Wand zu kommen, die Außenwand. Von dort, wo der Schnee lag. Es hörte sich an, als wollte sich irgendwer oder irgendwas Zutritt verschaffen.
»Was ist das?«, fragte Osborne beunruhigt.
»Ich weiß es doch auch nicht!«, sagte Peter.

Plötzlich bellte es.
»Ein Hund«, rief Bob. »Da draußen ist ein Hund!«
Wieder bellte der Hund. Er grub im Schnee. Und bellte. Und grub. Justus fiel auf, dass Laurenne und Miller Blicke wechselten. Alle bis auf ihn liefen neugierig zur Außenwand.
»Der gräbt sich durch«, rief Bob, »er befreit uns!«
»Hoffentlich stürzt nicht alles ein«, sagte Laurenne und blickte zur Decke. »Dann setze ich auf Ihre Kraft, Mr Thompson!«
Es dauerte eine ganze Weile. Aber der Hund gab nicht auf. Langsam schien er sich vorwärtszuarbeiten. Ständig begleitet von lautem Gebell, das ab und zu von einem erwartungsvollen Winseln unterbrochen wurde. Sein Ziel schien eins der Fenster zu sein, dessen Laden allerdings zugeklappt war.
»Snoopy«, sagte Bob. »Das muss doch Snoopy sein! Der Hund, den Sie von Ihrem Bruder übernommen haben, nicht wahr, Laurenne?«
»Snoopy?« Ein Lächeln fuhr über ihr Gesicht. »Snoopy«, rief sie, »natürlich. Snoopy!«
Auf der anderen Seite als Antwort freudiges Bellen.
Laurennes Ruf schien dem Tier neue Kraft gegeben zu haben. Der Hund grub weiter, bis seine Krallen schließlich verzweifelt über den Holzladen kratzten. Snoopy bellte enttäuscht, vielleicht auch wütend.
»Jetzt, wo der Schnee zum Teil weggegraben ist, kann ich das Ding vielleicht aufdrücken!«, rief Thompson und trat an das Fenster. »Ich hoffe, der Hund kapiert das. Sonst bekommt er den Fensterladen an den Kopf!« Dann schlug er ein paar Mal fest mit der Faust gegen das Holz. Snoopy bellte heftiger.

»Hau ab, du Köter«, rief Thompson, »sonst erwische ich dich noch!« Er holte aus und ließ einen weiteren Faustwirbel folgen.
Bob schien es, als bewege sich der Laden ein paar Millimeter.
»Versuchen Sie es damit!« Peter reichte Thompson den abgebrochenen Ski, mit dem der Vogelkundler am Abend zuvor die Tür hatte aufbrechen wollen. Als Stoßwerkzeug eignete er sich noch hervorragend.
Peter und Bob hielten den Atem an.
Justus hingegen fiel auf, dass Miller nervös wie ein Tiger hinter Gittern hin und her schlich, und er stellte sich wie zufällig auf die Falltür im Boden.
Thompson zielte und ließ den Ski auf das Holz krachen. Der Fensterladen erzitterte. Snoopy bellte und bellte. Noch mal und noch mal schlug Thompson zu, und auf einmal ließ sich das an einigen Stellen zersplitterte Holz ein ganzes Stück weit öffnen.
Snoopys Schnauze erschien.
Thompson drückte gegen das Holz und plötzlich schlüpfte der Hund durch die Öffnung, sprang auf den Boden, raste auf Miller zu, schnellte freudig bellend an ihm hoch und wollte gar nicht mehr aufhören, ihn abzuschlecken.
Justus wusste nicht, was in ihm überwog: Die Freude über den neuen Fluchtweg oder die Verblüffung darüber, auf welch unerwartete Weise sich sein Verdacht bestätigt hatte.
»Mr Miller, ich denke es bedarf keiner weiteren Erläuterungen«, sagte er. »Ein Hund ist unbestechlich. Wir haben gesehen, wie Snoopy Sie begrüßt hat. Sie sind niemand anderes als ... Walt Duffy!«

Das Geheimnis der Lawine

Justus' Worte verfehlten ihre Wirkung nicht. Sogar Trevor Thompson drehte sich um. Gerade noch hatte er in dem Durchgang nach draußen herumgestochert und etwas von Flucht gemurmelt. »Sie sind Walt Duffy?«, fragte er nun ungläubig. »Laurenne, dann haben Sie uns die ganze Zeit über etwas vorgespielt!«

»Ruhig, Snoopy!« Inzwischen hatte der Hund auch Laurenne begrüßt. Nun lief er aufgedreht im Zimmer herum, um zu schnüffeln, wer sonst noch vor Ort war.

Es schien, als sei Snoopy mächtig stolz auf seinen Erfolg. Ganz zu Recht, wie Bob fand. Er tätschelte das Tier und Snoopy wedelte zufrieden mit dem Schwanz.

»Wir haben Snoopy schon bei einigen Lawineneinsätzen dabeigehabt«, sagte Laurenne. »Er ist sogar dafür ausgebildet. Wahrscheinlich hat er etwas geahnt und ist Joe heute Nacht entwischt.« Ihr Blick fiel auf Duffy, der aussah, als würde er sich am liebsten in Luft auflösen. »Walt«, sagte Laurenne leise, »ich glaube, Leugnen macht nun keinen Sinn mehr.« Sie wandte sich an die Runde. »Natürlich ist er kein Eremit. Und natürlich glaube ich nicht an Geister. Das war nur Tarnung!«

Osbornes Augen verengten sich. »Mr Duffy, was ist mit Ted Zampano passiert?« Seine Stimme bekam einen drohenden Unterton. »Sie haben doch etwas mit seinem Verschwinden zu tun!«

»Verschwinden ...?«, stotterte Duffy.

Snoopy wandte sich von Bob ab, lief zu seinem Herrchen und

knurrte Osborne an. Duffy streichelte dem Hund über den Kopf. »Ich … ich …«

»Und wer liegt in Ihrem Grab auf dem Friedhof, Mr Duffy?«, fügte Justus hinzu. »Hier spielt sich meines Erachtens eine ganz seltsame Geschichte ab.«

»Ich … ich kann nichts dafür. Wirklich nichts dafür!«, rief Duffy.

»Ted war also hier?«, fragte Osborne nach.

»Ja.«

»Sie haben sich mit ihm in der Hütte getroffen?«

»Nicht geplant, es war Zufall. Ich stieg gerade aus dem Geheimgang. Hatte unten am Gang gearbeitet, weil sich wie jedes Jahr das Eis weiterbewegt hat. Plötzlich war Zampano da. Ein wenig verändert, er sah schmaler aus, und mit Bart, aber ich habe ihn gleich erkannt. Ich glaube, er war ebenso überrascht, mich zu sehen, wie ich ihn. ›Ted‹, habe ich gesagt, ›was willst du hier? Ich dachte, du bist im Knast?‹«

»Aber Sie haben doch gewusst, was Zampano hier suchte«, sagte Osborne langsam.

»Nein!«, antwortete Duffy schnell. »Als er mich gesehen hat, machte er kehrt und ist auf seinen Skiern davongefahren. Ich rannte ihm nach vor die Tür. Da stoppte er, zog eine Pistole und schoss auf mich. Der Schuss … hat die Lawine ausgelöst. Er drehte sich um, wollte fliehen, aber die Lawine hat ihn erwischt!«

»Und das soll ich Ihnen glauben?«, fragte Osborne.

»Aber ja …«

»Und dann haben Sie Zampano begraben – in Ihrem Grab«, sagte Justus. »Aber warum?«

»Das stimmt nicht! Ich wollte …«, rief Walt und suchte nach Worten, aber Laurenne unterbrach ihn.

»Doch, es ist wahr! Walt, die werden das sowieso herausfinden. Ja, Justus. Wir haben Ted unter dem Namen von Walt begraben. Wir sind ein sehr kleines Dorf. Ich bin die Ärztin hier, die den Totenschein ausstellt. Joe ist der Vertreter der Behörden. Wir alle im Dorf haben zusammengehalten. Von außerhalb hat niemand nachgefragt, geschweige denn an der Sache gezweifelt. Ein paar Tage später kam der Priester aus dem Tal. Zur Beerdigung. Da hat Walt sich hier oben versteckt.«

»Und warum das alles?«, fragte Peter.

»Zampano hätte Unglück über unseren Ort gebracht«, sagte Walt. »Die Polizei wäre gekommen, Journalisten. Und vielleicht hätte man mir den Ablauf des Unfalls nicht geglaubt. Man hätte denken können, ich hätte die Lawine ausgelöst und ihn getötet. Aus Rache, oder warum auch immer. Es gab ja keine Zeugen!«

»Hm«, murmelte Justus. Das Lügengebäude der Duffys stürzte gerade zusammen wie bei einem Erdbeben. Der Erste Detektiv wollte den Moment nutzen und den Kern der Wahrheit freilegen, bevor wieder neue Lügenmauern errichtet würden. Jetzt war der Moment gekommen, um den entscheidenden Pfeil abzuschießen. »Ich glaube, das war nicht Ihr eigentlicher Beweggrund«, sagte er langsam. »Es ging Ihnen vor allem … um den Schatz!«

»Welchen Schatz?«, fragte Duffy mit schlecht gespieltem Erstaunen, während Osborne Justus überrascht ansah.

»Was weißt du schon wieder von einem Schatz?«, fragte er scharf.

»Nun.« Justus legte eine Kunstpause ein und lächelte in sich hinein. »Die Zusammenhänge herzustellen, erwies sich nicht als allzu schwer. Dank meiner Beobachtungsgabe.«

»Beobachtungsgabe kombiniert mit Kombinationsgabe«, fügte Bob grinsend hinzu.

Thompson schüttelte den Kopf. »Nun aber endlich raus mit der Sprache, du Schlaubär!«

»Gerne. Beobachtung eins: Clearwater Springs ist sehr klein. Und sehr abgelegen. Es kommen kaum Touristen. Trotzdem kann man es sich leisten, einen langen Skilift zu bauen und sich eine nagelneue Pistenraupe auf den Hof zu stellen. Die Häuser sind in einem erstaunlich guten Zustand, et cetera et cetera. Ganz so, als gäbe es eine heimliche Geldquelle.«

»Gut aufgepasst, Junge!«, sagte Thompson.

»Beobachtung zwei: Um Mitglied in Zampanos Sekte zu werden, mussten die Anwärter ihre Reichtümer abgeben. Das geschah bei einem Ritual an diesem Steinhaufen, der auch auf dem Gemälde hier abgebildet ist.« Justus nahm das Bild und drehte es um. »Sehen Sie, der Steinberg ist wie ein Vulkan aufgeschichtet – und ich wette, ein Schlot in der Mitte führt hinab in das Innere der Erde. Offiziell wurden die Reichtümer zerstört: verbrannt, zerschlagen und vergraben. Aber ich vermute, die wertvollsten Teile wurden nach unten geleitet. Dort befindet sich der Geheimgang. Sektenführer Zampano hat später alles eingesammelt und heimlich aufbewahrt.« Er blickte in die Runde. Walt Duffy war still geworden, ebenso Laurenne. Osborne hingegen hing ihm gebannt an den Lippen.

»Die Kombination beider Beobachtungen ist für jeden Anwesenden hier ein Kinderspiel. Vor allem gibt uns das den Hintergrund zu den Geschehnissen nach dem Lawinenunglück, von denen uns gerade berichtet worden ist.«

»Walt Duffy hat also irgendwann den Schatz gefunden«, sagte Bob. »Zufällig vielleicht und auf jeden Fall lange vor Zampanos Rückkehr. Gemeinsam hat das Dorf beschlossen, es für einen ›guten Zweck‹ zu verwenden, nach dem Motto: Unser Dorf soll schöner werden!«

»Der Schmuck hat niemandem gehört!«, rief Laurenne. »Die Leute haben ihn freiwillig hergeschenkt und Zampano hat ihn unter Vorspiegelung falscher Tatsachen für sich behalten. Das war Betrug! Und außerdem ...«

»Darüber werden andere entscheiden«, sagte Justus.

Jetzt hielt Osborne es nicht mehr aus. »Ist alles weg?«

»Wie, alles?«

»Na, von dem Schatz, Duffy! Habt ihr alles verbraucht?«

»N...nnn...nja«, sagte Walt Duffy.

»Bevor das geklärt wird, sollten wir bitte abschließend besprechen, was vorgefallen ist«, bemerkte Justus. »Sie haben den Schatz also vor einiger Zeit gefunden, Mr Duffy?«

Walt Duffy nickte. »Als ich in den Geheimgängen gearbeitet habe. Der Gletscher fließt, wisst ihr? Ganz langsam, aber er fließt. Jahr für Jahr ein kleines Stück. An der Grenze zum Gestein hat er eine Stelle aufgerissen und ich bin auf den Schmuck gestoßen. Es waren Ringe, Kettchen und Edelsteine. Das meiste war nicht viel wert. Aber manches war sehr kostbar. Laurenne kannte viele der Stücke. Unter anderem hatte sich die Tochter eines Milliardärs in Zampano verknallt. Allein von ihrer Halskette konnte ich den Lift bauen lassen!«

»Warum hat Zampano den Schmuck hier zurückgelassen, als er den Ort aufgab?«, fragte Bob.
»Weil er schon damals wegen Betrugs gesucht wurde. Er musste fliehen und wollte den Schmuck nicht bei sich haben. Später wurde er dann wegen weiterer Betrügereien verurteilt.«
»Die er mit einem Bankangestellten aus New York begangen hat«, sagte Laurenne und räusperte sich vernehmbar.
Justus notierte ihren Blick, blieb aber bei seinem Thema. »Stück für Stück haben Sie den Schmuck verkauft, Walt«, sagte er. »Wahrscheinlich über Mittelsmänner.«
»Einer aus dem Dorf kannte einen etwas windigen Juwelier an der Grenze zu Kanada«, sagte Duffy.
Justus nickte. »Und jetzt überraschte Sie Zampano, als er sich seinen Schatz zurückholen wollte.«
»Er bedrohte mich mit der Waffe, führte mich in den Keller und da war die Sache klar. Ich gab zu, dass ich sein Versteck gefunden hatte. Ab dann war alles so, wie ich es gesagt habe. Zampano verschwand, schoss nach mir und starb in der Lawine. Wir gingen davon aus, dass niemand wusste, dass er hierhergekommen war. Er war ja auf der Flucht. Wir wollten alles vertuschen. Wir wollten keine Polizei, keine Nachforschungen nach dem Schmuck, der doch immer mal wieder durch die Gerüchteküche der Presse ging. Keinen, der Fragen stellte, was Zampano hier überhaupt vorhatte. Und wir hofften, wir würden so auch einen möglichen unangenehmen Besuch seines späteren Komplizen verhindern, der mit ihm aus dem Gefängnis ausgebrochen war, wie wir aus der Zeitung wussten.«
»Tja«, sagte Justus, »dieses Glück haben Sie leider nicht gehabt!«

Flucht

»Sieht so aus«, sagte Walt Duffy und kraulte seinen Hund. Sein Blick traf erst Laurenne, dann einen der Männer. Justus fuhr fort in seinen Betrachtungen. »Aber eins nach dem anderen. Vorgestern Abend haben Peter, Bob und ich entdeckt, dass der Lift lief. Ebenso fiel uns ein seltsames Licht in den Bergen auf. Mit etwas Fantasie hätte man es für einen Waldgeist halten können, doch der Waldgeist waren Sie, Mr Duffy.«

Duffy nickte. »Joe hatte entdeckt, dass sich jemand an ›meinem‹ Grab«, er unterbrach sich und lachte ungelenk, »also dem von Mister Zampano zu schaffen gemacht hatte. Heimlich im Dunkeln. Das konnte nur eins bedeuten: Sein Komplize war gekommen und war dem Schatz auf der Spur. Also musste ich mich verstecken und bin in der Dunkelheit den Berg hinauf zur Hütte gefahren.«

»Wobei Sie damit rechnen mussten, dass der Komplize Zampanos die Hütte und den Geheimgang kannte. Aber offenbar hat Zampano seinem Kollegen nicht alle Details des Verstecks erzählt, damit er nicht von ihm hereingelegt werden konnte.«

»Darauf setzten wir«, sagte Laurenne. »Und das stellte sich dann auch als richtig heraus, Mr ...«

»... Osborne!«, sagte Justus schnell. Die Butter wollte er sich nicht vom Brot nehmen lassen. »Bruce Osborne. Wenn das überhaupt ihr richtiger Name ist. Doch das spielt jetzt keine Rolle. Auf Ihrer Kamera hat Peter Fotos von dem Grab entdeckt. Geben Sie ruhig zu, dass Sie kein Journalist sind. Und auch kein Detektiv, wie Sie danach behauptet haben. Sie sind Banker und verurteilter Betrüger.«

Osborne starrte Justus an, dann blickte er in die Runde. »Es ist noch was da von dem Schatz, nicht wahr?«, fragte er.

»Warum sind Sie nicht gemeinsam mit Mr Zampano gekommen?«, fragte Justus.

»Weil es sich alleine unauffälliger reist, wenn man aus dem Gefängnis ausgebrochen ist«, sagte Osborne. »Ich habe gute Kontakte zu Fälschern und habe die Ausweisdokumente erstellt. Zampano sollte derweil den Schmuck besorgen. So haben wir uns gegenseitig abgesichert. Ein paar Wochen später wollten wir uns treffen. Doch er kam nicht, war plötzlich verschwunden. Es hat eine Weile gedauert, bis ich seine Spur aufnehmen konnte. Er hat mir nicht gesagt, wo der Schmuck ist. Von seiner Sekte wusste ich aber natürlich. Und nun bin ich hier, um mir wenigstens die Reste zu holen!« Er grinste diabolisch.

Thompson setzte sich in Bewegung, doch blitzschnell ergriff Osborne ein großes Küchenmesser, in dessen Reichweite er sich gestellt hatte, und hielt es drohend vor sich. Augenblicklich wich Thompson zurück.

Gespannte Stille trat ein.

Osborne trat einen Schritt an die Wand, sodass er alle Anwesenden im Blick hatte und ihn niemand von hinten überraschen konnte. »Und nun raus mit der Sprache, vom Schmuck ist noch was übrig, oder?«

Laurenne schüttelte den Kopf.

Duffy ebenso.

Snoopy knurrte Osborne an.

»Nimm den Hund zurück, gleich rutscht mir das Messer aus!«
»Still, Snoopy«, sagte Walt.
»Sprich jetzt, sonst passiert deiner und Ted Zampanos Tochter was!«, sagte Osborne in Richtung Laurenne.
»Woher wissen Sie …«
»Man muss sie nur sehen«, sagte Osborne. »Kelly ist ihm wie aus dem Gesicht geschnitten! Weiß sie es?«
Laurenne schluckte.
»Dann wird es aber Zeit!«
»Tun Sie ihr nichts! Es ist noch einiges von dem Schmuck vorhanden«, rief Duffy, bevor Laurenne eingreifen konnte. »Er steckt hinten im Sockel des Grabes.«
»Wie überaus romantisch«, sagte Osborne ironisch. »Dann hat Zampano ja einen guten Blick darauf!«
Justus war immer noch beim Abklären der Ereignisse. »Darum also hat Zampano auf Sie geschossen, Duffy: Er wollte nicht, dass Sie ihn verfolgen und bei der Suche nach dem Schmuck stören. Damals hatten Sie ihn woanders versteckt?«
»In meinem Haus, ja.«
Osborne ließ das Messer blitzen. »Mehr muss ich nicht wissen. Und nun rein mit euch in den Keller! Alle! Sofort!«
Die drei ??? sahen sich an. Irgendwie mussten sie verhindern, in den Geheimgang gesperrt zu werden.
»Wird's bald?«, blaffte Osborne. »Oder wollt ihr mir das Messer entwenden? Mindestens einen von euch werde ich erwischen! Das muss euch klar sein! Also! Der Reihe nach! Laurenne, fang an!«
Laurenne trat an den Abstieg und kletterte hinunter. Nach ihr

setzte sich Walt in Bewegung. Doch als er die ersten Stufen genommen hatte, machte er Anstalten, wieder hochzusteigen.
»Runter!«, blaffte Osborne und trat auf ihn zu.
In dem Moment stürzte sich Snoopy auf ihn, wütend bellend, weil der Mann sein Herrchen angegriffen hatte. Osborne machte eine abwehrende Bewegung und wollte sich zur Seite wegdrehen. Doch er trat ins Leere, verlor den Halt und fiel auf Duffy. Gemeinsam rutschten sie die Leiter hinunter. Snoopy bellte angriffslustig hinterher, dann sprang auch er in den Geheimgang.
»Dichtmachen!«, rief Justus.
Geistesgegenwärtig klappte Peter die Luke zu, Bob schob einen der schweren Holzklötze darüber und Justus stellte den zweiten daneben.
»Das wird nicht reichen«, meinte Justus.
»Im Regal lagen Nägel. Neben dem Wassertopf!«, rief Bob und lief zu dem Bord. Inzwischen reichte Peter Justus die Reste des zerbrochenen Skis. Der Erste Detektiv legte ihn quer über das obere Ende der Bodenklappe. Von unten drang lautes Stimmengewirr von Osborne und den Duffys zu ihnen herauf, ab und zu übertönt von Snoopys Bellen. Offenbar hatten alle den ruppigen Abstieg heil überstanden.
Bob kam zurück, in der einen Hand ein paar Nägel, in der anderen zwei Steine aus der Sammlung. Gemeinsam befestigten sie damit die Latte über der Luke.
»Jetzt sollte es halten«, sagte Justus, reckte sich hoch und sah sich im Raum um. Er lief in den Flur zum Schlaftrakt und rief: »Thompson, wo stecken Sie eigentlich die ganze Zeit?« Er kam zurück. »Thompson ist weg!«

»Abgehauen?«, fragte Peter. »Der feige Hund!«
Bob trat an den Gang, den Snoopy gegraben hatte. »Er hat sich durch die Öffnung gezwängt. Nach gut einem Meter geht es ins Freie. Weit kann er nicht sein.«
»Wir sollten auch verschwinden und unten im Dorf die Polizei informieren«, sagte Justus.
Bob und Peter nickten. Die drei ??? schnappten sich ihre Jacken und krochen durch den kurzen Tunnel, der schräg nach oben durch den Schnee führte. Selbst für den etwas breiteren Justus war das kein Problem mehr, jetzt, wo ein Mr Thompson sich den Weg gebahnt hatte.
Dann waren sie endlich frei!
Kühle Nachtluft empfing sie. Der wolkenverhangene Himmel hatte den Mond fast vollständig verdeckt. Man hörte, wie der Wind pfiff oben an den Berggipfeln.
Die drei Jungen sahen sich um. Die Lawine war komplett über die Hütte geschossen und hatte gut zweihundert Meter weiter dann ihre Kraft verloren. Ein Stück weit neben ihnen war wieder normales Gelände. Von Thompson keine Spur. Doch das war ihnen jetzt gleich. Der Fall war gelöst. Nun galt es, den Ausbrecher Osborne dingfest und den Tausch der Toten öffentlich zu machen.
»Gehen wir so zurück, wie wir gekommen sind?«, fragte Bob. Auch wenn der Mond jetzt gänzlich hinter Wolken verschwunden war, konnten sie einander im weißen Schnee einigermaßen erkennen.
Justus nickte. »Wartet, ich habe noch eine Taschenlampe. Die letzte, die noch funktioniert.«
Gemeinsam stapften sie zu dem Hang, den Thompson herun-

tergefallen war, und begannen mit dem Anstieg. Es war beschwerlich. Vor allem für den unsportlichen Justus. Immer wieder rutschten sie an dem steilen Schneehang aus, doch keuchend schafften sie es Meter für Meter bergauf.

»Vielleicht hätten wir doch die Serpentinen laufen sollen«, sagte Justus und blieb stehen, um Luft zu holen.

Wie zu erwarten, hatte Peter weniger Mühe. Unaufhörlich gingen ihm die Ereignisse der Nacht durch den Kopf. »Lass mich alles noch mal zusammenfassen, damit ich es auch richtig verstehe«, sagte er.

»Nnnn ... ja«, sagte Justus schnaufend.

»Wer damals in die Sekte aufgenommen werden wollte, musste seine Besitztümer abgeben und Ted Zampano hat sie heimlich eingesackt.«

»Mmm, ja.«

»Dann musste Ted fliehen. Er versteckte die Sachen. Danach begann er einige Betrügereien mit seinem neuen Kumpel Osborne, für die beide ins Gefängnis kamen. Sie brachen aus. Während Osborne die Papiere fälschen sollte, wollte Ted den Schmuck holen, den er hier versteckt hatte. In der Hütte traf er auf Duffy, der inzwischen den Schmuck gefunden und Teile davon für den Ausbau des Dorfes verwendet hatte.«

»Ja, ja.«

»Er bekam raus, dass von dem Schmuck noch etwas da war, wollte es sich unter den Nagel reißen und geriet unter die Lawine. Duffy, oder vielmehr das ganze Dorf mit seinen paar Einwohnern, hat ihn unter falschem Namen beerdigt, um die Spuren zu verwischen und ungestört weitermachen zu können.«

»Wenn du schon … alles … weißt …« Plötzlich fand Justus' Fuß keinen Halt. Er glitt zur Seite, die Lampe fiel aus seiner Hand und hopste den Berg hinunter. Dann knallte sie auf einen Felsen und erlosch.

Peter kletterte zu seinem Freund und half ihm wieder hoch. »Alles okay bei dir?«

Justus nickte. »Die Lampe!«

»Die ist egal, Hauptsache, dir ist nichts passiert.« Sofort kam Peter auf sein Thema zurück. »Und Thompson – der hat mit der Sache gar nichts zu tun. Ein ungehobelter Vogelforscher.«

»Der jetzt einfach die Flucht vor uns allen ergriffen hat …«, sagte Bob.

Als sie endlich den schmalen Berggrat erreicht hatten, blieben sie stehen und sahen zum Abschied in die Senke hinunter. Kurz gaben die Wolken den Mond frei, und sogleich ließ sein Licht den Schnee glänzen. Die Lawine lag da wie die lange Zunge eines Riesenreptils. Irgendwo unter sich hatte sie die Hütte begraben, die Hütte mit ihren vielen Geschichten. Die drei ??? wandten sich ab. Die nächste Wolke schob sich vor den Mond, doch einigermaßen konnten sie den Weg erkennen. Ein Stück weiter unten hob sich die weiße Skipiste inmitten des dunklen Walds ab.

»Jetzt hätte ich gerne die Skier dabei«, sagte Peter. »Leider stecken die irgendwo im Schnee …«

Dennoch kamen die drei ??? nun zügiger voran. Nach einer Weile erreichten sie die Kreuzung, bei der man zur Skiabfahrt abbiegen konnte. Sie entschieden sich für die Piste, in der Hoffnung, dass der Schnee dort etwas fester war und man nicht bei jedem Schritt so tief einsank. Außerdem war ihr leichter zu folgen, denn die Morgendämmerung ließ noch auf sich warten.

Doch zunächst mussten sie eine unpräparierte Fläche überqueren.

Nach einer Weile blieb Bob stehen und zupfte Peter am Ärmel. »Da vorne! Was sich dunkel vor dem Wald abhebt. Was ist das?«

Peter starrte in die Nacht. »Die Pistenraupe!«, rief er. »Das muss die Pistenraupe sein, mit der Jim Bennet die Abfahrt präpariert. Vielleicht steckt der Schlüssel, die schließen hier doch nie etwas ab in dem Dorf!«

»Kannst du so ein Ding bedienen?«, fragte Justus.

»Kommt auf einen Versuch an. Ich bin mal mitgefahren, in einem Skigebiet. Ein Hexenwerk ist das auch nicht. Immer noch besser als laufen.«

»Also los!«

Die Maschine stand abseits der Piste. Um sie zu erreichen, mussten sie wieder ein Stück bergauf. Offenbar hatte Jim das Gerät stehen lassen und eine Talabfahrt per Ski vorgezogen. Die drei ??? änderten die Richtung und stapften auf das Fahrzeug zu. Jetzt, wo sie näher kamen, sah es aus wie ein riesiges schwarzes Insekt, das mit seinen gewaltigen Greifarmen auf sie wartete.

In dieser Sekunde kam Leben in das Insekt. Der Motor sprang an. Dröhnend laut. Schweinwerfer flammten auf. Ihr Strahl durchschnitt die Nacht. Kurz irrte er umher, dann erfasste er die drei ???, die sich geblendet die Hand vor die Augen hielten. Der Motor heulte auf und das Gerät setzte sich in Bewegung.

Angriff im Schnee

»Sie ... sie fährt genau auf uns zu!«, schrie Peter.
Bob war wie erstarrt.
»Weg! Wir müssen hier weg!«, rief Justus. Er drehte sich um und lief. Doch er bewegte sich wie in Zeitlupe. Bei jedem seiner Schritte sank er im Schnee ein. Sie befanden sich wie auf einem Präsentierteller. Weit und breit nichts, wo man Schutz suchen konnte.
Und sie kamen nicht vom Fleck.
Der Pistenplanierer verkürzte den Abstand.
»Schneller, schneller«, brüllte Peter. »Wenn wir unter die Ketten oder die Fräse kommen, sind wir Kleinholz!«
»Auseinander«, rief Justus, »auseinander! Allen gleichzeitig kann er nicht folgen!«
»Der holt uns trotzdem ein«, rief Bob. Doch er wechselte abrupt die Richtung. Sah aus den Augenwinkeln, dass Peter weiter geradeaus lief, während Justus nach links abbog.
Auch der Verfolger änderte seine Taktik. Er überholte Bob seitlich und drehte von vorne wieder direkt auf ihn zu.
Mist, schoss es Bob durch den Kopf, der ist klug! Panik stieg in ihm auf. Er drehte um und konnte nicht anders, als wieder auf Justus zuzulaufen.
Die Maschine kam näher und näher, dröhnend und drohend. Jetzt klappten die riesigen Seitenschaufeln aus. Bobs rechter Fuß sank tief in ein Schneeloch. Er bekam ihn nicht richtig heraus. Langsam verließ ihn die Kraft. Nun waren sie beide im Scheinwerferlicht, Justus und Bob. Der Erste Detektiv war

gestolpert, lag bäuchlings im Schnee, wenige Meter entfernt, und versuchte, sich mit den Armen hochzustemmen. Auch er wirkte vollkommen erschöpft.

Da machte die Pistenraupe plötzlich eine ruckartige Seitwärtsbewegung, dann noch eine. Sie schien außer Kontrolle geraten zu sein. Bob konnte keinen Sinn hinter ihren Bewegungen erkennen. Jetzt kam die Maschine wieder auf ihn zu, Bob duckte sich nach unten. Das war es dann wohl.

Da blieb das Fahrzeug stehen.

Das Motorengeräusch erstarb. Das Licht erlosch. Stille.

Fast. Man hörte leise Geräusche, dumpfe Schläge, heftiges Atmen. Ein Klappen, etwas Schweres fiel in den Schnee. »Du Miststück!«, schrie jemand. Es war unverkennbar Thompson. Dann eine andere Stimme: »Just, Bob? Alles okay?«

»Ja, Peter«, sagte Bob matt. Mühsam stand er auf und schleppte sich zum Pistenbully. Justus folgte ihm auf allen vieren.

Der Zweite Detektiv stand im Führerhaus und deutete in den Schnee. »Vorsicht! Da liegt Thompson.«

Bobs Augen hatten sich wieder an das Dunkel gewöhnt. Der Mann im Schnee rieb sich den Kopf und fluchte leise vor sich hin.

»Wollten Sie uns umbringen, Thompson?«, fragte Justus.

»Natürlich nicht. Nur erschrecken, ihr Bastarde! Und müde machen. Fix und fertig.«

»Damit Sie Zeit gewinnen, um den verbliebenen Schmuck zu holen und sich dann zu verdrücken! Ich wage nicht, mir vorzustellen, wie weit Sie dafür gehen würden.«

Thompson deutete auf Peter. »Da überrascht mich der Kerl da von hinten. Ihr seid wie Kletten, einfach schrecklich!«

»Sie sind kein Vogelkundler, oder?«, fragte Justus.
»In meiner Freizeit durchaus, du Schlaumeier. Es ist schon fast lustig, Jungs: Ohne es zu ahnen, hat Osborne einen richtigen Hinweis zu meiner Person gegeben, als er seine zweite Tarngeschichte erzählt hat. Er sei ein Detektiv, der sich an Zampanos Fersen geheftet hat. Aber nicht er ist der Detektiv – ich bin es! Ein ehemaliges Sektenmitglied bekam mit, dass Zampano aus dem Gefängnis geflohen war, und gab mir den Auftrag, nach dem Schmuck zu suchen. Das Gerücht über dessen Existenz war nie ganz erloschen. Zampano entwischte mir, aber nicht Osborne. Ich blieb ihm auf der Spur, Osborne hat keine Ahnung, wer ich bin!«
»Und irgendwann beschlossen Sie, sich den Schmuck selbst unter den Nagel zu reißen«, sagte Justus.
»Zuerst wollte ich ihn natürlich zurückgeben ...« Thompson machte eine Pause und sagte dann einfach: »Ja.«
Bob nickte nachdenklich. »Eins möchte ich zu gerne noch wissen«, sagte er, »und zwar, wen ich gestern Nacht im Büro des Hotels gestört habe: Das waren doch Sie!«
»Natürlich«, sagte Thompson. »Osborne hatte euch im Restaurant auf das Lawinenunglück angesprochen. Da wollte ich ein wenig nach Informationen stöbern.«
In dem Moment hörten sie ein Motorengeräusch. Kurze Zeit später wurde das Fahrzeug sichtbar. Es kam vom Tal herauf. Ein Motorschlitten. Er stoppte in einiger Entfernung, aber als sein starkes Licht die Gruppe bei dem Pistenbully erfasste, fuhr er wieder an und kam direkt auf sie zu.
»Mr Patwin«, sagte Justus, als er vor ihnen zum Stehen gekommen war. »Gut, dass Sie da sind!«

»Snoopy ist abgehauen und ich habe ihn gesucht. Dann habe ich oben am Berg das Licht des Bullys entdeckt«, erklärte der Hotelchef, nachdem er den Motor ausgeschaltet hatte. »Da wollte ich nach dem Rechten sehen. Ist Snoopy auch bei euch?« Mit einem Blick auf Peter, der immer noch in der Tür der Pistenraupe stand, rief er aus: »Du? Bist du etwa gefahren? Was ist passiert? Wo sind die anderen? Was läuft hier?«

»Tja«, sagte Bob, »es geht wie so oft nur ums Geld!«

»Im Grunde unserer Seele sind wir doch alle immer noch Goldgräber«, sagte Thompson und richtete sich stöhnend auf, »auf die eine oder andere Art. Nicht wahr, Mr Patwin?«

»Wie meinen Sie das?«, fragte der Hotelbesitzer misstrauisch.

»Wir hingegen graben nach der Wahrheit«, sagte Peter.

»Wobei es manchmal auch mehrere Wahrheiten gibt«, ergänzte Bob.

Justus nickte. »In dieser Geschichte zum Glück nicht mehr. Einzig und allein die Situation, bei der Zampano unter die Lawine geriet, bleibt Spekulation. Aber ich glaube Walt Duffys Darstellung des Unfalls. Und das werde ich auch Inspektor Cotta sagen, wenn ich ihn anrufe, damit er veranlasst, dass alles aufgeklärt wird.«

»Wie bitte? Zampano? Walt? Inspektor Cotta?« Nun zeigte Patwin erste Anzeichen von Panik.

»Wollen wir das nicht im Tal klären?«, schlug der Erste Detektiv ruhig vor. »Es gibt sehr viel zu erzählen und es wird für niemanden angenehm sein. Auch nicht für das Dorf. Wir sind übrigens Detektive, um einmal die letzte Maske abzunehmen.« Lächelnd wandte er sich an Thompson. »Ja, wir sind

Kollegen. Wir nennen uns Die drei ???. Und wir haben schon einige Fälle und Rätsel aufgeklärt. Dies hier, Mr Patwin, ist unsere Karte!«

»Das ist es, warum ich euch nicht leiden kann!«, murmelte Thompson.

Patwin nahm die Karte entgegen, las sie und nickte.

»Dann wollen wir mal!«, sagte Justus.

Gemeinsam brachen sie auf ins Dorf. Dort führten sie ein langes Gespräch. Als Mr Patwin erkannte, dass die Wahrheit auf dem Tisch lag, organisierte er technische und polizeiliche Unterstützung, um oben in der Hütte Bruce Osborne, die Duffys und das Gepäck frei zu räumen und einzusammeln. Snoopy nicht zu vergessen. Fast wirkte der Hotelbesitzer erleichtert, dass das Versteckspiel nun endlich vorbei war.

Im Laufe des Tages war das meiste geklärt. Osborne musste zurück ins Gefängnis. Die Kollegen von Inspektor Cotta kümmerten sich um die Vorfälle im Dorf. Der Betrug mit dem Toten war strafbar, aber ob das auch für die Verwendung der Juwelen galt, mussten Gerichte entscheiden.

Laurenne, Patwin und Kelly führten ein langes und gutes Gespräch miteinander.

Und Justus, Peter und Bob? Für die Four-Hills-Tour reichte die Zeit nicht mehr. Nachdem sie einige herrliche – und kostenlose – Skiabfahrten auf der menschenleeren Piste genossen hatten, beschlossen sie am nächsten Tag, zurück nach Rocky Beach zu fahren. Sie stiegen in Bobs Auto und winkten Snoopy zu, der sie munter anbellte.

Als sie aus dem Parkplatz des Hotels bogen, wartete am Straßenrand ein Mädchen mit einer Reisetasche.

»Kelly!«, sagte Bob und stoppte.

»Habt ihr noch einen Platz für mich?«

»Wohin willst du?«

»An die Küste. Für ein paar Tage.«

»Gold suchen?«

Sie lachte und schüttelte den Kopf. »Strand und Pazifik. Ob ihr mir glaubt oder nicht: Ich habe noch nie das Meer gesehen!«

Bob lächelte. »Dann wird es aber Zeit! Wird zwar eng in meinem Auto, aber in ein paar Stunden bist du am Ort deiner Träume, versprochen!«